三國疑雲
卷6
戰鬥機器
水的龍翔 著

目錄

第一章

新皇登基

「新皇登基，漢室氣數已盡，正巧今天是個黃道吉日，更改國號為秦，改元天威。」馬超攙扶父親，聲音宏亮的說道。

之後，馬超又舉行了晚宴大宴群臣，同時發布國喪，眾人良久沒有說話，但是眼神卻極為複雜……

傍晚時分，王雙帶著楊彪來到馬騰所在的營寨。

馬超早早的就等候在門口，看到王雙、楊彪到來，向前迎著楊彪道：「太尉大人一路辛苦了。」

楊彪確實很辛苦，他的騎術不佳，加上又被王雙逼著快速前進，以至於讓他一路上顛簸得十分厲害，連續吐了好幾次。

此時，他一臉蒼白，面黃肌瘦，在虎牢關雖然有驚無險，但是幾天的牢獄生活讓他在心中存了一口氣，覺得只要活下去，或許還有反擊的機會。

「秦王太客氣了，不知道秦王那麼急著喚我來，到底所為何事？」

楊彪從馬背上下來，雙腿便軟了，有點站不住，東倒西歪。

馬超以為楊彪是害怕自己所導致的，便伸手扶正了楊彪的身子，露出溫暖的笑容，道：「太尉大人，一會兒我帶你去見涼王，涼王要是問你話，你就這樣告訴他……」

說著，馬超便伏在楊彪的耳邊，小聲嘀咕道。

楊彪聽後，眼睛瞪得賊大，嘴巴也大張著，真的是目瞪口呆的樣子。等馬超把話說完，他已經是滿臉大汗，面如土色了。

「秦王殿下，這事我……」

「如果拒絕的話，你楊家全族將受到滅頂之罪，長安城裡，一夜之間，就不會再有一個姓楊的。」馬超見楊彪想拒絕，便放出了狠話，連臉色也變得陰沉不已。

「這……」

楊彪顧此失彼，一方面是大漢的朝綱，如果放棄，他就是罪魁禍首，另一方面，是自己全族三百六十七人的性命。

當他一手握著忠義，一手舉著親情的時候，他站在那裡搖擺不定，不知道該作何取捨。

「太尉大人，本王的時間有限，你可要好好的考慮清楚，如果人死了，那可就什麼都沒了。就算你對陛下再怎麼忠心，陛下也看不見，因為他已經駕崩了。陛下無子，也已經沒有了兄弟，我父親力挽狂瀾，拯救朝綱於水火之中，誅殺董卓，平定西羌，安撫西域，哪一項不是在為國盡忠。與其繼續讓劉家的人當皇帝，還不如退位讓賢，讓我父親做皇帝？

「如果你答應了，你就是開國元勳，位列三公，位極人臣，我也將迎娶你的女兒作為我的太子妃，等以後我繼位了，你的女兒就是皇后，你就是國丈，你的兒子楊修就是國舅，如此一來，你們楊氏一族將永世富貴。昔日的大漢給過你們楊家這麼大的殊榮嗎？」

楊彪感受到了，不是馬騰想做皇帝，而是馬超想做皇帝，可是礙於馬騰是他的父親，不得已才讓自己的父親做皇帝，反正等馬騰老了，那皇帝的位置還不是他的嘛！而且馬騰對馬超也頗為放心，十歲的時候就獨自領兵駐守長安，維護宮中制度，也就是說，現在當不當皇帝，他都是實際的操作者。

退一步海闊天空。楊彪終於想通了，但不是為了榮華富貴，而是**為了隱忍，為了以後能有機會對馬超施行反撲，徹底將馬超趕出去。**

他答應了。

「秦王說的極為有道理，老夫願意率領楊氏滿門支持秦王，擁護涼王登基為帝。」楊彪違心地說著這樣的話，心中卻像針扎的一樣，忽然覺得活著還不如死了。

或許從此以後，他會被冠以和馬超狼狽為奸的罵名，但是不久以後，他會讓楊氏以嶄新的面容出現在世人的面前，彌補他今日所做的一切。

「哈哈哈，楊太尉果然是個識時務的人。太尉大人，請跟我來吧。」

「諾！」

話音一落，楊彪便跟著馬超進了馬騰所在的大帳。

馬騰一見楊彪走了進來，便急忙說道：「太尉大人……陛下是不是已經……」

「是的，涼王殿下請節哀，張繡帶著陛下的遺體，不一會兒就會抵達這裡了。」

馬騰嘆了一口氣，問道：「陛下臨終可有什麼遺言嗎？」

楊彪哭喪著臉，神色黯然，眼眶中飽含著熱淚，幾滴晶瑩的淚珠滾滾落了下來，尚未說話，傷心的表情已經說明了一切。

「太尉大人，可憐陛下剛剛成年，尚未有子嗣，又沒有其他兄弟，這大漢的天下該何去何從？」馬騰見狀，也深受感動，就連說話的聲音也帶著哭腔。

他向前走了幾步，一把抓住楊彪的手，目光懇切地望著楊彪，道：「陛下臨終時，到底有什麼遺言，還請太尉大人如實告知，千萬不可有任何瞞騙。」

楊彪聲淚俱下，抬起手用袖子擦拭了一下眼角的眼淚，緩緩道：「陛下……陛下臨終時，用最後一口氣只說五個字，直到現在，老夫還記憶猶新。」

「那五個字？」馬騰追問道。

「陛下說『**禪位於涼王**』，之後便駕崩了。」楊彪懇切地說道。

「撲通」一聲，馬騰跪在地上，眼眶裡的眼淚滾滾落下，吼道：「陛下……」

「弒君者，高飛也。陛下既然已有遺旨，禪位於涼王，國不可以一日無君，還請涼王以江山社稷為重，進九五之尊，改元稱帝。」楊彪說著，同時朝馬騰便跪了下去，叩頭道：「臣楊彪，叩見……」

「等等……」馬騰突然抬起頭，打住了楊彪的話，道：「陛下剛剛駕崩，還未舉行國喪，弒君者仍在逍遙法外，如果不將弒君者繩之以法，就算有陛下遺旨，我馬壽成也絕對不會稱帝……」

「涼王，民為貴，社稷次之，君為輕。陛下駕崩，國人無不痛心疾首，然，國不可一日無君，還請涼王以江山社稷，天下百姓為重，擔此重任，為陛下發喪，征討國賊，以慰陛下的在天之靈。」楊彪勸慰道。

「太尉大人，你不用再勸了，不先除掉國賊，本王絕不稱帝。」

馬騰打定了主意，而且他也感到這其中有些蹊蹺，楊彪對陛下忠心耿耿，又是大漢重臣，就算有遺旨，也應該先從其他漢室宗親裡選出一個合適的人來當皇帝。

馬超見狀，急忙道：「父王，楊太尉說的很有道理，既然陛下將皇位禪讓給了父王，父王就應該不辜負陛下的意思才對。再說，如果父王不稱帝的話，又如何指揮天下臣民討伐國賊高飛呢？」

「這……」

「孩兒請父王以江山社稷為重，進九五之尊，稱帝改元，然後統領天下，共誅國賊！」馬超跪在馬騰的面前，叩了三個響頭。

王雙、楊彪和其他人見了，都異口同聲地說道：「臣等叩見陛下……」

「不行不行，堅決不行，本王粗野之人，不適合當皇帝，應該從漢室宗親裡選出德高望重者，繼任皇位，這樣才符合正統。」馬騰堅決反對。

馬超皺起了眉頭，本以為自己的老爸很好搞定，哪知道老爸比他想像中的還要難搞。

「早知道我自己當了……」他心裡如是的想著，可是他的話已經說出來了，這事也已經成功了一半，就不能不做得徹底。

他扭頭看了一眼王雙，緩緩地站了起來，喝令道：「召集所有文武大臣，齊聚大營之中，一起跪請涼王登基。」

王雙「諾」了一聲，轉身離開了大帳。

「孟起……絕對不能這樣做，我馬家已經位極人臣了，即使有陛下遺旨，也不可隨便僭越，先祖馬援為大漢伏波將軍，一生忠於漢室，馬家的聲譽絕對不能毀在我的手上，稱帝一事，不要再議，應該從漢室宗親中遴選有為之人繼任皇位，以續漢統。」馬騰態度堅決地說道。

馬超見馬騰如此固執，騰的一下子站了起來，兩隻眼睛冒出了綠光，恨得咬牙切齒，厲聲道：「父王，對不起了！」

話音還在空氣中打轉，馬超的一記手刀便劈在馬騰的脖頸上，登時將馬騰打暈了過去。

「來人啊，去將陛下之前穿過的龍袍、戴過的皇冠統統拿來，給涼王換上。」馬超伸手接住將要倒地的馬騰，將他橫抱起來，放在床上，轉身對門外的士兵喊道。

士兵們不敢違抗，紛紛去準備，同時馬超又讓人去將文武大臣都叫到這裡來，並催促張繡快點到來。

楊彪看著馬超忙碌著一切，彷彿看到馬超是在張羅自己稱帝一樣。看了眼躺在床榻上昏迷的馬騰，不禁心裡燃起一絲悲涼，暗暗想道：「馬壽成啊馬壽成，你對漢室忠心耿耿天日可鑒，可是你的兒子卻和你不一樣，你養虎為患，沒想到連自己也受到兒子的擺布……」

他嘆了口氣，見馬超停了下來，上前問道：「秦王準備下一步怎麼辦？」

馬超道：「自然是扶父皇稱帝了。」

「可是，秦王不覺得這樣做，未免……」

「本王認為很好，稱帝只不過是個形式而已，只要形式做到，就算稱帝了，到時候本王就可以代天巡狩，率領大軍征伐高飛了。」

楊彪道：「可是，弒君者未必就是高飛的人，當時一起出現的還有典韋，老夫清楚的記得，第一個叫喊陛下駕崩的，似乎就是典韋，老夫覺得，這是有人在嫁禍……」

「太尉想的太多了，聽王雙說，典韋是個瘋子，一個瘋子見到陛下被人殺了，自然是要大喊大叫了，至於典韋是如何到了高飛手下的，對我並不重要，現在重要的是如何利用這次機會，一鼓作氣徹底打垮燕軍，以雪虎牢關之恥。」馬超執意道。

「可是……」

「你哪來那麼多可是？」馬超臉上變色，不耐煩地說道：「今天太尉大人幫了本王一個大忙，這個本王會記在心裡的，等事情都辦妥以後，本王就會封太尉大人為洛陽王，楊修封為河南侯，然後迎娶太尉大人的女兒為太子妃……」

楊彪無奈地想道：「可憐我的寶貝女兒了，我到底造的是什麼孽啊，明知道他是頭貪得無厭的猛虎，卻依然助紂為虐，可是如果不這樣做，陛下的仇，王允、馬日磾以及那許多死在他手下的仇，又何以得報？國家國家，沒有國，何以有家，我楊氏一門忠烈，此時也是報答漢室的時候了。」

不多時，士兵們便將皇冠、龍袍全部拿了過來，馬超親自給馬騰換上。可是，劉辯身體瘦弱，穿的龍袍也很小，根本套不上馬騰的身體，皇冠也戴著有點小。馬超見了，很是著急，如果沒有皇冠、龍袍，又怎麼登基為帝呢？他犯起了難，最後索性將就著，將龍袍披在馬騰的身上就算完事了。

此時，軍師陳群聽到馬騰要稱帝的消息，頓時驚慌萬分，急急忙忙地跑進大帳，見馬超正在給其父穿龍袍，眼睛瞪得比誰都大，當即叫道：「大王啊，萬萬不可做此事啊……」

馬超聽到是陳群的聲音，要是放在以前，他還是願意聽陳群勸解的，但是為了今天，他足足等了好長一段時間，雖然不是自己稱帝，但是他依然很快樂，很開心，繼續為馬騰穿著龍袍。

陳群見馬超不理會自己，便道：「大王啊，現在局勢動盪，陛下駕崩尚未發布國喪，大王這邊就讓涼王登基稱帝，完全有悖倫常，只怕會失去民心啊……」

「怕什麼？本王就是要讓父王做皇帝，要讓全天下的人都臣服在本王的腳下，要讓父王知道，本王是最出色的。」馬超反駁道：「本王已經決定了，誰再敢多言一句，軍法處置。」

陳群還想再勸，見楊彪暗中給自己使了個眼色，並且搖頭制止，這才作罷。

陳家和楊家同樣是氏族大家，中間還有著某種聯繫。比起地位來，陳家雖然及不上楊家，但是由於陳群向馬超妥協了，同意做馬超的軍師，這才讓全家無憂。

不一會兒功夫，所有的文武將領都到了帳外，密密麻麻的站成好幾排，甚至來的人裡面還有一些部族首領。

馬超趁熱打鐵，當即將昏睡中的老爹馬騰從大帳裡抬了出來，然後攙扶著馬騰，朗聲道：「先帝被逆賊高飛派人刺殺，在臨終前，先帝特意囑咐在場的人，說是禪位給涼王，如今正值非常時期，那麼咱們就應該好好的把握，恭賀涼王為九五之尊。」

聲音一落，馬超只覺得自己的嗓子有些沙啞，也許是剛才叫的聲音太大的緣故。

「吾皇萬歲萬歲萬萬歲。」

「新皇登基，漢室氣數已盡，正巧今天是個黃道吉日，更改國號為秦，改元天威。」馬超攙扶父親，聲音宏亮的說道。

「臣等……叩見陛下！」

之後，馬超又舉行了晚宴大宴群臣，同時發布國喪，並且以新皇天子的名義，下了一張征討書，將高飛弒君的話告訴他們。

眾人良久沒有說話，但是眼神卻極為複雜……

西元一九〇年，太平三年，五月初三，剛剛當皇帝沒幾年的劉辯駕崩於虎牢關。

五月初五，酉時三刻，**涼王馬騰在其子馬超的挾持下，以劉辯臨終遺旨為由，公然稱帝，改元天威，更改大漢國號為秦。**

馬超自封為太子、大將軍、並且代替昏迷中的馬騰發布了第一道聖旨——除賊國書，然後派出使節，將除賊國書傳檄天下。同時，封太尉楊彪為洛陽王，楊修為河南侯，並且納楊彪之女為太子妃。

除此之外，馬超又封陳群為司空、索緒為車騎將軍、張繡為衛將軍、王雙為衛尉，其堂弟馬岱為涼王、驃騎將軍，再封兩名年幼的親弟弟馬休、馬鐵分別為趙王、晉王，就連他剛滿一歲的妹妹馬雲鷺也被封為安樂公主。

其餘如程銀、候選、楊秋、馬玩、張橫、梁興、李堪、成宜等以及各部族羌人首領，盡皆封為將軍、列侯。

登基大典，就在馬騰不知情的情況下，以穿著不合體的龍袍和皇冠中完成。

等馬騰醒來的時候，早已為時已晚，事已至此，雖然他有多麼的不願意，也只能就此作罷，硬著頭皮當這個皇帝。

馬騰稱帝和除賊國書的消息，很快便被秦軍斥候帶到駐紮在官渡之南的楚軍大營。

楚軍大營裡，劉備得知這一消息和除賊國書後，登時大怒，將手中的除賊國書撕得粉碎。

他向那個送信的斥候走了過去，二話不說，拔劍便將那名斥候斬殺了，怒道：「高飛國賊也，馬騰乃是竊國之賊，本王在此立下誓言，誓與此二人勢不兩立！」

說完，用劍在地上畫出一道又長又深的鴻溝，憤然將手中的長劍插在躺在地上的屍體上，大聲地吼道：「來人！擊鼓，升帳！」

不一會兒，軍營中的戰鼓便擂響了，鼓聲沉悶而而又悠長，遠遠地向四處傳開。

「將屍首抬下去，戮其首，懸屍於帳外！」劉備怒到極點，憤恨地說道。

守在帳外的士兵不敢違抗，照劉備所說的去做，將屍體一分為二，然後用繩索將無頭的屍體拴著，懸掛在帳外的大纛之上，並且將人頭另外懸掛在轅門之上。

升帳的鼓聲一經敲響，楚軍的各個將軍紛紛從不同的營寨裡朝劉備所在的中軍營趕。

張飛正在一旁遛馬，聽到鼓聲後，策馬狂奔，第一個抵達劉備所在的軍營，首先映入他眼簾的，便是懸掛在轅門上的一顆人頭，緊接著便是那面飄著「楚」字大纛下的無頭屍體。

他翻身下馬，將馬韁隨手扔給一個士兵，徑直走到轅門邊，問道：「發生了什麼事情？這是誰的人頭？」

士兵答道：「秦軍的斥候送來一封信，大王看完之後，惱羞成怒，一怒之下，便親手斬殺了這名斥候，並且讓我們把屍首懸掛在軍營之中，以示懲戒。」

張飛抬頭看了眼人頭，見血淋淋的人頭不斷地向下滴著血，當即說道：「取下來，放到一邊去，掛在這裡，讓人怎麼通過？」

「可是……這是大王的意思，小的怎麼敢違抗？」

「俺讓你取你就取，大哥那邊有俺呢，好端端的一個大營，非要搞得那麼血腥嗎？取下來！」張飛環眼一瞪，扯開嗓子大聲叫道。

士兵對張飛都有畏懼心理，生怕張飛找自己的麻煩，便將人頭取了下來，掛在轅門邊上。

「三弟，這裡發生了什麼事，這是誰的人頭？」關羽踱著步子，從營外走到張飛的身邊，捋了一下胸前的長鬚，問道。

「一個秦軍斥候不知道怎麼惹怒了大哥，就被大哥斬殺了。二哥，咱們快進去看看吧，不知道發生了什麼事，大哥的脾氣一向很好，到底是什麼事能把大哥氣成這樣？」

關羽點了點頭，和張飛並肩走進大營。

還沒進入中軍大帳，關羽、張飛便在帳外聽到劉備在裡面大聲地罵著高飛、馬騰，他們兩個對視一眼，誰也不清楚發生了什麼事，便掀開簾子，直接走了進去。

「大哥！」

劉備已經怒不可遏了，剛才親手斬殺了一個斥候，也難以消除他心中的怒氣。見關羽、張飛來了，急忙說道：「二弟、三弟，快過來坐下。」

關羽、張飛走了過去，分別坐下之後，齊聲問道：「大哥，發生了什麼事，竟然讓大哥如此動怒？」

劉備面容突然變得十分黯然，剛才還明亮的眼眶裡，泛起了晶瑩的淚花，說時遲，那時快，眼淚像泉湧一般，順著臉頰流了下來，哭喪的說道：「陛下駕崩了……」

關羽、張飛聽後，都不敢置信地道：「大哥，陛下駕崩了？這是真的？」

「千真萬確，如今，陛下屍骨未寒，涼王馬騰便僭越改元稱帝，國號秦，這個千殺的小人，本王誓與他不同戴天！」劉備咬牙切齒地說道。

關羽聽後，神色也黯然了下來，不多時也開始垂淚，一邊垂淚，一邊說道：「大哥，陛下還年輕，怎麼可能那麼輕易的駕崩了呢，是不是馬騰弒君？」

劉備搖搖頭，道：「弒君者另有他人，乃高飛所派遣的飛羽軍偷襲虎牢，和司徒王允、太傅馬日磾裡應外合……陛下，我可憐的陛下啊……」

「高飛？怎麼可能？他是個聰明人，再怎麼傻，也不會幹出這種事情來，這**其中一定另有隱情**。」張飛聽後，反駁道：「一定是馬騰想當皇帝，殺了陛下，嫁禍給高飛的……」

「三弟，事情的真相恐怕只有高飛清楚。我倒是覺得高飛有這個動機，他手裡握著傳國玉璽，陛下又沒有子嗣，如果陛下駕崩了，那麼他就可以公然稱帝了，以他的實力和魄力，要做這件事不難，別忘了，當年自立為王的第一個人就是他。大漢的朝綱在他眼裡一文不值！」關羽反駁道。

「二哥，你不懂，高飛真的不會做出這樣的事來的，他雖然敢作敢為，可是也不敢公然弒君啊，一定是馬騰誣陷他的。而且，陛下剛駕崩，馬騰就稱帝了，這就是很明白的事情，如果是高飛的話，那第一個稱帝的人應該是他才對。」

「三弟，你怎麼敢那麼肯定？好像你對高飛很瞭解似的？難道就因為他之前送你那匹烏雲踏雪？」關羽略帶譏諷地道。

「二哥，藥可以亂吃，話可不能亂說，俺老張的心裡只有大哥！」張飛怒道。

「夠了，不要吵了，現在正是考驗我們兄弟團結的時候了，不管陛下是誰殺的，馬騰公然稱帝，就是篡逆，就是竊國之賊，高飛也不是什麼好東西，手裡握著傳國玉璽不給陛下，就是有稱帝的心思。不管是馬騰還是高飛，都是我們的敵人。我身為漢室後裔，皇室貴冑，當此大漢風雨飄搖之時，如果不能挑起大梁，肩負責任，我將愧對列祖列宗。二位賢弟請坐下稍歇，等諸位將軍、大人都到齊了，再一起商議如何對付馬騰！」

劉備抹了抹眼淚，一直在暗中觀察著關羽和張飛。

「二哥，你說俺心裡有鬼，那以後要是遇到高飛時，你替俺出戰好了，省得到時候俺殺不了他！」張飛氣憤地說道。

關羽倒是不客氣，回嘴道：「我本來就是這樣想的，讓你去還真不放心，鉅鹿澤一戰，放走高飛的不就是你嗎？」

「你……」

張飛惱羞成怒，氣得吹鬍子瞪眼，可是關羽說的也是事實，當時他為了感謝高飛曾經放他一條生路，他才那樣做的，純粹只是出於一個「義」字。

但是，他絕對沒有和劉備、關羽分開的意思，更沒有撇開劉備不管，去投靠高飛的想法，在他心裡，高飛是朋友，劉備、關羽是兄弟，兩頭都重要，但是，如果真有那麼一天，再次在戰場上相見，他想，**他不會再手下留情**，而且還要從高飛手中將那匹烏雲踏雪馬搶過來。

關羽、張飛都不再說話了，劉備也靜靜地坐在那裡，等候著其他人的到來。

不多時，大帳內擠滿了人，等來人都到的差不多了，劉備便將高飛弒君，劉辯駕崩，馬騰稱帝的事說了出來，在場的人無不驚訝萬分，武將紛紛請命討伐這兩個國賊，文士則譴責高飛、馬騰。

只有許劭、嚴顏一言不發。劉備發現異常後，便對許劭道：「軍師一言不發，難道對此事沒有任何意見嗎？」

許劭道：「非也，只是臣覺得這事很奇怪，高飛弒君、陛下駕崩、馬騰稱帝，這一連串的事都集中在這一兩天內，來得太過突然了。大王，不知道你是如何看待這件事的？」

「不管是誰，馬騰都是竊國之賊，高飛也是一個國賊，霸占傳國玉璽，兩個人都應該被凌遲處死，受千夫所指，萬人唾罵。」劉備憤恨地說道。

「臣明白了……」許劭欲言又止。

劉備當即道：「二弟、三弟，你們各自率領一支大軍，和我一起進攻馬騰，拔營起寨，向前推進二十里下寨，伺機而動。」

關羽、張飛答道：「諾！」

許劭聽後，皺起了眉頭，心中暗道：「如此一來，之前和馬超之間的約定就要瓦解了，看來大戰難以避免了。不過，大王應該不會那麼傻，直接和西涼兵硬碰硬吧……」

命令下達後，劉備讓人草擬了一份討伐馬騰的檄文，派人分別送到曹操和高飛那裡。

雖說他心裡對高飛的恨比馬騰多，但是出於道義，他還是覺得應該這樣做，

畢竟他不想真正的參戰，只是想隔岸觀火而已，而且，劉辯的駕崩，對他是百利而無一害，**他現在所做的一切，只不過是做個樣子而已**。

之後，劉備親自帶著四萬步騎，向前挺進二十里，關羽、張飛各帶一萬人在左右兩翼，然後在距離西涼兵還有五十里的地方下寨。

暮色四合之時，曹操接到馬超、劉備派人送來的檄文，一邊是馬超借用馬騰皇帝之名發布的討伐高飛的聖旨，一邊則是劉備以漢室宗親的身分發來的討伐篡逆之人馬騰的檄文。

曹操兩邊都看了看，看完之後，呵呵地笑了起來，道：「很好，事情正向著我所期望的那樣發展……」

作為刺殺劉辯的始作俑者，他所算計的一切，都在他的掌握當中，馬騰稱帝之後，到底是誰刺殺了劉辯就會變得很微不足道，**戰爭，只需要一個藉口**，正好，**這個藉口已經悄然無息的來臨了**。

作為幕後的策劃者，他也準備開始行動了。

大帳內，除了曹操之外，還坐著一員身披鎧甲，面色凝重，稜角分明的將軍，他頭戴一頂熟銅盔，頭盔下面是一雙炯炯有神的眼睛，聽完曹操的話，便說道：「大王，是否可以開始行動了？」

曹操點點頭，道：「妙才，徐州南鄰孫堅，青州北接高飛，此地最為險要，你來的時候可曾做了安排？」

「大王放心，妙才來的時候，早已留下重兵把守徐州和青州，這兩年，臣在于禁的配合下，安撫了青州、徐州百姓，已經收到成效，如今荀彧已經從昌邑抵達徐州，替臣鎮守青州和徐州，以他的才華，大王應該放心才對。」

這個人便是**夏侯淵**，字妙才，今日剛剛率領精銳健卒到來。

「嗯，文若的才華我不擔心，孫堅暫時不會進攻徐州，可是屯駐在平原的燕軍可就不一樣了，臧霸對青州、徐州的情況十分瞭解，一旦窺探到青州、徐州的兵力有所變動的話，只怕會突然對青州發動攻擊。」

「大王放心好了，妙才已經在青州布置好一切，濟南之北皆為一片曠野，我將青州的百姓都集中聚集在臨淄、北海等地，將濟南變成了一座軍事重鎮，由夏侯恩、曹真、朱靈把守，不會出現什麼問題。」

「朱靈的才能，本王是肯定的，只是夏侯恩、曹真還太年輕，未加歷練，你突然就給他們兩個這麼重的重任，是不是太過了？」曹操擔心地道。

「大王，曹真文武雙全，才華出眾，夏侯恩箭術超群，有此二人給朱靈當副將，沒什麼問題，何況朱靈沉穩持重，完全可以壓制他們兩人。大王，妙才不會做出對我魏國不利的事的，請大王下令吧，妙才已經等不及了。」夏侯淵一臉興奮地說道。

曹操呵呵笑道：「不要急，如今不是著急的時候，等到別人都打起來了，我們才好行動。你剛剛到來，士兵尚未休息，必須要讓士兵充分休息後再行戰鬥，頭幾天先按兵不動，你下去休息吧，我先把這兩封檄文給回覆了。」

「諾！」

曹操隨即就兩封檄文寫了回信，他兩邊都應允了下來，並且在信中言辭懇切，表現出義憤填膺的樣子，讓那兩名斥候送回。

夜空下，黃河岸邊。

高飛騎著馬站在一處高崗上，看著河中緩緩駛來的一艘大船，心中頗為激動。

不多時，大船在離岸邊不遠處拋下了錨，士兵乘著小船划到了岸邊。高飛一聲大喝，帶著身後的兩名親兵奔馳了下去，很快也來到岸邊。

負責接待的人正在安排那些渡河的士兵吃喝，河岸邊升起了一堆堆篝火，火光的映照中，讓人看清這支軍隊的面容，每個士兵的臉蛋都是那麼清秀無比。

這時，幾名穿著勁裝的人，朝高飛走了過來。

「我等叩見主公！」幾人異口同聲地向高飛拜道。聲音悅耳動聽，不同於男子的粗聲粗氣，讓人聽了很是舒服。

「哈哈哈……好啊，你們終於來了，這下咱們燕軍可要多一道亮麗的風景線了，那些當兵的小子們見了你們，肯定會丟魂的。」高飛笑道。

站在高飛面前的，是幾名年輕秀麗的女子，她們穿著統一的衣服，顯得十分幹練，經過長時間的訓練，一般男人還真不是她們的對手。

「誰敢多看一眼，我就把他們的眼珠子挖出來！」

說話的人身材高挑，烏黑柔順的長髮垂到腰間，眼裡帶著犀利的眼神，手按腰中懸掛的劍柄，頗有一番巾幗不讓鬚眉的氣魄。

「蕊蕊，你怎麼可以這樣暴力？人家看你，是喜歡你，再說，你也老大不小了，早就該找個人嫁了。」

說話的人是喀麗絲，郭嘉的結髮妻子，雖然也穿著勁裝，服飾卻是按照匈奴樣式去做的，與其他幾位女子的穿著打扮略有不同。

被稱作蕊蕊的女子，叫文蕊，是已故五虎將之一文醜的女兒，十分男性化，說起話來也是大喇喇的。

她白了喀麗絲一眼，對高飛道：「主公，我爹呢，他怎麼沒來接我？」

「額……」

高飛沒有將文醜陣亡的消息傳回河北，文蕊自然不知道。他皺了下眉頭，不知道該如何回答才好。

「你都多大了，整天你爹你爹的，你爹好歹也是五虎大將之一，每天很忙的好不好，你以為像你一樣閒啊。」

說話的女子迎風而立，一柄古色古香的長劍背在身後，飄散在肩頭的長髮，加上那顯得有些冷傲的表情，讓人看一眼便能將她記住。

「黃舞蝶！我什麼時候閒過了，每天訓練最苦的就是我好不好？」文蕊反駁道。

「我不和你爭論，訓練最多、最苦的是誰，你心裡應該清楚。不知道是誰仗著自己武藝高強，一到訓練就開溜，帶著人去打獵，還好意思說！」

黃舞蝶乃黃忠之女，屬於高冷型，正因為這種性格，更讓她顯得與眾不同。

「你……」

文蕊氣得臉都綠了，指著黃舞蝶道：「我那是帶人去練習箭術，去找活靶子，每天像你一樣都固定在那裡練，你以為戰場上的人都是靜止不動的，站在那裡讓你射啊，還有，我打回來的獵物，你不是也吃了嗎？」

「好了好了，你們兩個一見面就吵個沒完，好歹也注意一下形象，你們可都是將軍呢，何況還是當著主公的面，怎麼都沒有一點羞愧呢？」喀麗絲勸道。

高飛看著面前的三個女人，有些哭笑不得，說道：「三個女人一臺戲，這話一點不假……」

高飛注意到在喀麗絲、文蕊、黃舞蝶的背後，還站著一個少女，是他從未見過的。

那少女的穿著和喀麗絲、文蕊、黃舞蝶不同，一身淡粉紅色紗裙，裙襟上繡著一隻隻翩翩起舞的鳳凰，粉色的裙帶在腰間繫成心狀後，順著裙間下垂的波浪墜到腳踝。

高飛覺得這女子一身高貴氣息，不禁問道：「你是？」

「小女子田欣，參見主公！」少女欠身道。

「田欣？」高飛看向文蕊，道：「她是……」

田欣在高飛的注視下面紅耳赤，極為害羞。

「主公，你不會連欣姐姐都沒有見過吧？」文蕊睜大眼睛，不敢相信地道：

「如此美女，你竟然沒見過？」

高飛失笑，文蕊這話說的，好像所有的美女他都會認識一樣。他搖搖頭道：「我確實從未見過。」

「哦……主公，她是相國大人的女兒，被我們姐妹聘為軍師。」文蕊說話聲音很大，似乎怕別人不知道田欣的身分一樣。

「哦，原來是相國的女兒，沒想到一轉眼都長這麼大了，真是女大十八變啊，我都沒認出來呢。」

高飛一聽田欣是田豐的女兒，想起了幾年前曾經見過她，當時匆匆一瞥，誰曾想她的變化居然那麼大。

田欣羞紅著臉，不好意思的說道：「主公，你見的那個，是小女子的姐姐……」

高飛直接無語了。

第二章

忠言逆耳

「索將軍，無須多言，我知道你處理事情謹慎，你守在外圍即可，其餘人都跟我走！」

馬超振臂一呼，帶著王雙、成宜、張橫和一萬七千名精鋭的西涼騎兵，向燕軍大營而去。

索緒皺起眉頭，嘆了口氣，道：「忠言逆耳啊！」

「主公……主公……」

高飛正不知道如何回答，一臉窘迫的時候，忽然聽到後面有一匹快馬奔馳而來，扭頭看過去，竟然是卞喜。

卞喜策馬狂奔，很快便來到高飛的面前，單膝下跪，從背後掏出兩份文書，捧起道：「主公，馬騰稱帝了，並且昭告天下，發布討伐國賊的檄文，將主公定為弒君者，號召天下群雄共同討伐主公……」

喀麗絲、文蕊、黃舞蝶、田欣聽了，都大驚失色，用異樣的目光看著高飛。

高飛面無表情的說道：「清者自清，另外一份檄文是什麼？」

「另一份檄文是楚王劉備發布的，說馬騰擅自篡逆，已是竊國之賊，號召天下群雄共同討伐叛國逆賊。」

「回營！」高飛依舊是面無表情，一聲令下。

他向前走了兩步，想起什麼，又停了下來，轉身對文蕊、田欣、黃舞蝶、喀麗絲道：「今夜你們暫時駐紮在岸邊，明日一早帶領所有娘子軍去卷縣。」

說完，便翻身上馬，一去不返。

看著高飛遠去的身影，田欣臉上的羞紅逐漸恢復正常，她是大家閨秀，平常大門不出二門不邁的，除了父親田豐和家裡的傭人之外，她再也沒有見過任何一個男人，此時見到心中神往已久的高飛，不禁覺得高飛身上那種錚錚鐵骨和成熟男子的氣息深深地吸引著她，使她目不轉睛的看著高飛消失在夜色之中。

「哎！郭夫人，看來有人對主公動情囉。」文蕊看田欣依依不捨的樣子，忍不住開玩笑道。

喀麗絲咯咯笑道：「欣妹妹二八佳人，正是閨中待嫁的年齡，何況主公如此出色的男人，任哪個女人見了都會心動的。」

「是啊是啊……」黃舞蝶隨聲附和道。

田欣的臉又羞紅了，心裡卻美滋滋的，舉起粉嫩的拳頭，朝文蕊打了過去，佯怒道：「看我不好好收拾你，讓你再胡說……」

文蕊反應迅捷，不等田欣把拳頭揮過來，人已經閃到一邊了，道：「我就知道欣姐姐動了春心了，你可千萬別過來，我怕傷害了你羸弱的身體，萬一主公怪罪下來，我豈不是死罪？」

「閉上你的嘴，沒人把你當啞巴……」田欣不依不饒地追著文蕊。

文蕊一個勁的跑，喀麗絲、黃舞蝶則在一旁嬉笑，剛上岸的女兵見了，紛紛前來圍觀，也哄笑了起來，一點軍人應有的嚴肅樣子都沒有。

「大敵當前，怎麼可以如此胡鬧?!」

這時，從一隻小船上下來一個穿著長袍的中年男人，看到岸上文蕊、田欣正在嬉鬧，喀麗絲、黃舞蝶也不制止，便徑直走了過去，冷言喝道。

眾人聽到這個聲音，登時收斂許多，文蕊、田欣也停止了追逐，娘子軍紛紛向那個中年男子抱拳道：「參見大人！」

中年男子一臉的陰沉，「嗯」了一下，目光先看向喀麗絲，厲聲道：「郭夫人，你的丈夫郭奉孝是主公帳下智囊，正是因為這個原因，主公才將整個娘子軍交給你來管理，可是你看看，你們剛才在幹什麼？像話嗎？嬉笑怒罵，一點紀律都沒有，這樣的軍隊，怎麼可以上戰場？」

喀麗絲面對那中年男子的呵斥，不敢違抗，抱拳道：「荀大人教訓的是，喀麗絲知錯了，我保證以後不會再出現這種類似的情況了！」

那中年男子便是**荀諶**，也是高飛帳下智囊之一，在高飛執掌幽州時，他曾經向高飛提過「輕徭役，薄賦稅，高築牆，廣積糧，和蠻夷，聯諸侯」六項基本方針，高飛奪取冀州後，便讓荀諶當了冀州刺史。

荀諶也頗有能耐，短短兩年時間，就把荒廢的鄴城給重新修葺好了，並且遷徙了大批民眾過去居住。當時百姓害怕鄴城有發生瘟疫的危險，他一馬當先，身先士卒，在鄴城裡住了半個月，結果什麼事情都沒有，其他人才敢入住。

除此之外，他還大肆開墾荒地，為了廣積糧的戰略方針，將鉅鹿、鄴城、信都、邯鄲、清河等地變成了糧食主產基地，與燕國的三大糧食主產於遼東、涿郡、河內形成了鮮明的對比，可謂是功不可沒。

此次，高飛發布了全國備戰令，下來賈詡從薊城開始調度兵力，前往黃河以南支援。作為總軍師的賈詡，一邊讓田豐、國淵、王烈、鍾繇等人籌措糧草，一邊令娘子軍先行南下，隨同荀諶一起渡河支援高飛，並且將兩千名娘子軍全部交給荀諶約束。

是以，荀諶的話就是命令，這些娘子軍們都不敢違抗，加上荀諶是出了名的黑臉包公，讓女兵們就更加害怕了。

荀諶見喀麗絲言辭懇切，便道：「郭夫人，我相信你！」說完，便沉著臉離開，同時吩咐身後屬官將糧草運到岸邊來。

荀諶走後，娘子軍都長出了一口氣，在喀麗絲的管理下，各自散開了。

高飛帶著親兵和卞喜一起回到兵營，剛一下馬，高飛便問道：「你怎麼親自來了，分散在官渡周圍的偵察兵目前都受誰指揮？」

「林楚！」卞喜答道。

「哦，是他啊，看得出來你很器重他！」高飛道。

「這小子為人機警，身手也不錯，有我當年縱橫江湖偷富竊貴的影子。」卞喜驕傲地道：「而且，他是我親自訓練出來的，怎麼說也算是我的得意門生了，以後還請主公多多提拔才是。」

高飛笑道：「整個燕國的偵察兵都是歸你管理，你是整個情報系統的頭子，你想提拔誰，就提拔誰，用不著向我彙報。只是，以後要多訓練出來幾個像他那樣的人，像樣的偵察兵太少了，每次臨近大戰，都是你親力親為，那可不好。」

「多謝主公信任，屬下一定竭盡全力為主公多訓練出幾個偵查人才來。」

說話間，高飛扭臉對卞喜道：「讓趙雲、黃忠、太史慈等人全部過來，另外荀攸、郭嘉、許攸、司馬朗也過來升帳議事，是時候反擊了。」

「諾！」

話音一落，卞喜縱身幾個起落便消失在軍營裡。

過了一會兒，文武齊聚，高飛端坐在上首位置，說道：

「卞喜在去叫你們的時候，想必都已經把事情告訴給你們了，如今馬騰稱帝，我成了弒君的國賊，並且發布了除賊國書，這個國書就是專門聲討我的。清者自清，我沒有做過的事，我絕對不會承認。現在就此事，我想聽聽諸位都有什麼意見？」

「主公，陛下剛剛駕崩，馬騰就公然稱帝，無論如何都不會得到認同，不僅如此，還會受到天下人的指責。至於陛下是否是主公所殺，明眼人都能看得出來，主公不必放在心上。**如今，最重要的，是如何面對十幾萬西涼兵的壓力，如果我軍不能擋住西涼兵的鋒芒，必然會造成兵敗如山倒的局面。**」荀攸語重心長地道。

郭嘉緊接著道：「事已至此，我軍已經到了背水一戰的時候，後面是千千萬萬的燕國百姓，就算前面是刀山火海，也應該斬荊披棘的走下去。主公，屬下以為，**是時候和西涼兵決一死戰了。**」

「我等附議！」趙雲、黃忠、太史慈等所有在場的武將都異口同聲地說道。

對他們來說，沒有什麼比打仗更興奮了，而且文醜、管亥、李鐵、蘇飛等人的相繼陣亡，加上上次被馬超偷襲所造成的損失，**這筆血債，只能用西涼兵的鮮血來償還**，所以，在他們的臉上表現出來的不單單是興奮那麼簡單，還有極大的復仇心理。

上次，馬超突然偷襲燕軍大營，當時將軍們都彙聚在中軍大營裡開軍事會議，留守營寨的都是些小將，沒有統籌全域的能力，正因為缺少有效的指揮，才使得燕軍陷入了混亂，加上馬超部下奇怪的作戰方式，讓燕軍吃了虧，損失萬餘人，這也成了整個燕軍戰績中一個抹不去的污點。

高飛環視大帳內的人，唯獨許攸一個人在那裡既不表態，也不說話，只是站在那裡露出了奇怪的笑容，彷彿在嘲笑著所有的人。

「子遠先生，你是不是想到了什麼好笑的笑話，獨樂樂不如眾樂樂，不如將你的笑話說出來，讓大家一起笑一笑，緩解一下緊張的氣氛！」

高飛話中帶著極大的不滿，眾人都在這裡群策群力，許攸卻在那裡傻笑，似乎譏諷著所有的人。

許攸臉上笑容頓去，走出班位，拱手道：「主公，屬下並不是想到什麼笑話，而是**忽然想到了一個不可忽略的人**而已。」

「誰？」

「**曹操！**」許攸道。

「哦，說說你的看法。」

「屬下和曹阿瞞乃是總角之交，對曹阿瞞也相當瞭解，就之前典韋事件來看，曹阿瞞已經早有準備，如今魏軍後退到牛家屯駐紮，遠離官渡戰場，看似按兵不動，實際上卻是以退為進，想坐山觀虎鬥。屬下以為，我軍在和西涼兵決戰的同時，也要加強對曹阿瞞的防範，做到有備無患。」

許攸之所以露出怪笑，是因為還沒有人發現這個問題，此時由他口裡說出來，就會顯得他比其他人高明許多，是以在那裡沾沾自喜。而他的怪笑只是一瞬間而已，沒想到竟然被高飛給捕捉到。

「張郃、陳到、魏延、褚燕。」高飛一連叫了四個人的名字。

「屬下在！」張郃四人站了出來。

「張郃為主將，陳到、魏延、褚燕為副將，你們四個帶著一萬步兵向東挺進二十里，進駐卷縣的老縣城垣雍城，可以臨河相望，如果看到有魏軍出沒，只要敢渡過柳子河，全部予以射殺，務必要牢牢的守住那裡。」高飛道。

「諾！」

垣雍城本是卷縣的縣城，十年前黃河氾濫，垣雍城因地勢低窪被淹沒，後來洪水退去之後，才逐漸浮現出來，但積攢了大量的泥沙和屍體，當時的縣令怕引起瘟疫，便將縣城西遷二十里，重新建造現在的縣城，從而將垣雍城荒廢了。

在高飛率領大軍抵達卷縣時，做過相當詳細的地理調查，東起垣雍城，西抵扈城亭，在這一個狹長的地帶上，卷縣的出口只有兩條，一條是南北走向的官道，另外一條則是垣雍城的東西走向。

從垣雍城向東，渡過一條名為柳子河的小河，便可抵達原武縣，向東南可到陽武縣和中牟縣，官渡就在中牟縣境內，曹操駐紮在的牛家屯，則是在陽武縣和中牟縣的交界處，正因如此，高飛一聽到許攸的話後，立刻意識到可能存在的危險。

高飛側身對司馬朗道：「伯達，我給你留下一千人駐紮在此地，冀州刺史、副軍師荀諶已經帶來部分援軍駐紮在黃河岸邊，明日一早便會抵達這裡，你負責接待，並且協助荀諶調度糧草。糧草從到達修武後，便會運抵此處，這裡將是我軍的屯糧重地，無論如何都要嚴加防範，在賈詡、韓猛的援兵到來之前，不得出現任何差錯。」

司馬朗聽後，感到肩膀上多了一份沉重的擔子，重重地說道：「屬下定當竭盡全力，保障糧草的通暢和安全。」

高飛點點頭，再次將目光移到許攸的身上，道：「你擔任張郃軍師，協同張郃、陳到、魏延、褚燕等人守禦垣雍城。」

許攸高興地說道：「遵命！」

「其餘文武，明日一早全部跟我出征官渡，和西涼兵決一死戰！」高飛朗聲道。

「諾！」眾人一起回道。

會議散後，各將都回到自己的營寨中，安排士兵，厲兵秣馬，整理軍備，擦拭兵刃，壓抑許久的士兵們都像喝了雞血一樣興奮，夜晚睡覺的時候，戰甲也不脫，枕戈待旦。

第二天天還沒亮，高飛便帶著七萬精銳的步騎兵浩浩蕩蕩地朝官渡進兵。

甘寧仍然是前部先鋒，率領五百騎兵，帶領著王威等部將在前面開路，當他們來到那片已經被燒成灰燼的焦土上時，看見負責守禦的西涼兵，就像發了瘋似地，以迅雷不及掩耳之勢便衝了進去。

甘寧身先士卒，第一個衝進營寨，冒著被箭矢射穿身體的危險，親自斬首了敵軍的一名校尉，敵軍主將被殺之後，餘下的數百雜胡騎兵見抵擋不住，紛紛落荒而逃，甘寧、王威趁勢掩殺，一路追出了十多里，連續斬首三百餘人，這才停下來，然後勘察周圍的形勢。

太史慈帶領著五千騎兵跟在甘寧的後面，沿途所過之處見都是甘寧等人留下的戰鬥痕跡，他那爭強好勝的心理便又出現了，自言自語道：「甘寧到底有什麼好的，為什麼每次先鋒都是他?真搞不懂主公是怎麼想的……」

如果是在以前，他的副將李鐵肯定會在身邊勸慰上幾句，可是如今，李鐵走了，讓他感到頗不適應。

「將軍，主公如此想，自然有他的想法，不管怎麼樣，甘寧始終無法和將軍相比，因為將軍戰功赫赫，功績累累，是誰也無法抹去的。」

正愁沒人拍馬屁，就來了一個拍馬屁的，太史慈聽了，帶著一種自豪感，回頭看了眼說話的人，笑道：「侯成，你真是越來越會說話了。」

接著，太史慈毫不掩飾，如數家珍地說道：「我自從投效主公以來，身經百戰，定東夷，降烏桓，逐鮮卑，又帶兵入並州，擒獲陳宮，戰功赫赫，他甘寧剛來多久，連仗都沒怎麼打過，如何能比我強！」

侯成朝身邊的宋憲使了個眼色，兩人異口同聲地說道：「將軍虎威震邊疆，英雄無敵天下揚，我二人佩服得五體投地。」

太史慈聽後，心裡美滋滋的，樂得嘴都合不攏了。

侯成、宋憲二人自從投降燕軍後，便一直跟在太史慈的左右，以前因為有副將李鐵壓在他們的頭上，兩個人很難有機會接近太史慈，他們就算是想拍馬屁都沒有機會。現在不同了，李鐵陣亡了，太史慈沒有副將，兩人心裡就有了小算盤，想借此機會好好表現一下，希望能夠一起擔任太史慈的副將。

太史慈這麼一笑，他和侯成、宋憲之間的關係便拉進了許多，一路上走著，都能聽到太史慈爽朗的笑聲。

傍晚時分，燕軍七萬大軍陸續進入官渡，離西涼兵所駐紮的地方四十里下寨，甘寧、太史慈、黃忠、趙雲等人陸續抵達目的地後，便肩負起搭建營寨的工作，眾人拾材火焰高，偌大的營寨，在短短的兩個時辰內就搭建完畢。為了害怕有敵人的騷擾，太史慈、甘寧帶著騎兵在周圍來回巡邏。

入夜後，七萬大軍全部入駐營寨，整個大營燈火通明，將附近照得如同白晝。

黑夜中，有一雙眼睛一直在密切地關注著燕軍大營的一舉一動，那人隱藏在荒原中一人多高的荒草叢裡，甚至避過了許多次巡邏士兵，隱藏的功夫可見一斑。

到了子時，藏身在荒草叢裡的人悄悄地離開那裡，向後奔跑出數里後，才在一個小土山的後面牽來馬匹，騎上馬，快速地飛馳而去。

大約奔馳了十里左右，那人轉進一片密林裡，先學了幾聲鳥叫，見有人出現，便翻身下馬，跪在那人的身前，叩頭道：「小的叩見太子殿下，燕軍大營的情況，小的已經摸清了。」

「很好！傳令下去，立即上馬，這一次，要讓燕軍輸個徹底！」

被稱為太子的，就是馬超。他的嘴角揚起一絲笑容，興奮地說道。

此時的馬超，頭頂束髮金冠，身披百花戰袍，擐唐猊鎧甲，繫獅蠻寶帶，手持地火玄盧槍，胯下騎著汗血寶馬，顯得威風八面，身上也多了股高貴的氣息。只因為崇拜呂布，看過一次呂布後，他就對呂布的裝扮念念不忘，這身行頭，完全是按照當年呂布給自己量身訂做的樣式。

正所謂佛要金裝，人靠衣裝，他穿上這身行頭之後，從外觀上，如果不仔細看，還真跟當年的呂布沒啥兩樣，有點以假亂真的感覺。

只是，五月的天氣雖然說不上熱，也說不上涼爽，他將自己裝扮成這個樣子，讓人看了都覺得有點熱。

可是，馬超從來不走尋常路，就算對待諸侯間的關係也是如此，他完全不講章法，沒來由的亂打一通，就如同他之前在潁川郡襲擊魏國一樣，後來居然又跑去跟曹操和好，讓人覺得十分反覆無常。

馬超的部下紛紛上馬，正在馬超準備大喊出發的時候，索緒突然策馬來到他的身邊，勸阻道：「太子殿下，正所謂吃一塹長一智，燕軍上次被偷襲時，距離現在才剛剛十天而已，前車之鑒歷歷在目，加上燕軍安營紮寨的地方是平原地帶，不免將自己置身於險地當中，**臣認為燕軍可能有詐，不宜貿然進攻**，應該再觀察觀察，等到明天再行定奪。」

「兵貴神速，況且我大軍已經集結完畢，燕軍初來，不識地形，選擇在錯誤的地方下寨沒有什麼好奇怪的。上次偷襲燕軍，燕軍的戰鬥力不過如此，我軍剛展開進攻，彼軍就已經開始慌亂了，沒什麼好怕的，就算有詐，以我大秦鐵騎的厲害，誰敢抵擋?!」馬超頗為自負地說道。

「可是太子……」索緒仍不放心道。

「索將軍，無須多言，我知道你處理事情謹慎，我給你留下三千騎兵，你守在外圍即可，其餘人都跟我走！」

馬超振臂一呼，留下三千騎兵撥給索緒，自己帶著王雙、成宜、張橫和一萬七千名精銳的西涼騎兵，紛紛出了樹林，在斥候的帶領下，向燕軍大營而去。

索緒皺起眉頭，嘆了口氣，道：「忠言逆耳啊！」

索緒擔心馬超會中計，為了給自己這撥騎兵做出奇兵的效果，故意等馬超走了好長一段時間，他才帶著三千騎兵緩緩地朝燕軍大營而去。

偌大的平原上，燕軍大營赫然矗立在那裡，彷彿是由地底凸起的一座小山，給人以「會當凌絕頂，一覽眾山小」的錯覺。

燕軍大營的寨門緊閉，士兵在營寨周圍來回巡視著，營寨裡的燈火已經沒有那麼明亮了，時值深夜，顯得莊嚴肅穆。

一名士兵仍然堅守著自己的崗位，在營寨的高臺上不斷的踱著步子，不時向遠方眺望。

丑時，士兵到了該交班的時候，他整理了下戎裝，順著梯子下到地面上，與交班的士兵互換，另外一名士兵爬了上來，他的精神飽滿，一點沒有剛才那名士兵的疲倦。

士兵站在高臺上，目光不停地轉動，向遠處眺望著。此時，月黑風高，天地全部被夜色籠罩，除了營寨周圍的一點光亮外，除了黑暗還是黑暗。

士兵左手緊緊地握住那面金鑼，鑼錘在手中不停的把玩，準備一旦有敵人出現，隨時敲響金鑼，以便向營寨四周傳遞訊息。

過了不久，忽然從黑暗中射來一支利箭，直接穿透他的鐵甲，他發出一聲慘叫，便躺在箭樓上，一動不動。

與此同時，箭樓上的士兵幾乎在同一時間內被利箭射倒，一百多黑衣人從黑暗中露了出來，繼續拉開弓箭朝守衛寨門的士兵射擊。

叮叮噹噹一陣金屬碰撞聲後，守在寨門口的士兵全部被射倒，整個過程行雲流水，沒有一點拖泥帶水。

之後，一百多名黑衣人直接進了營寨，打開寨門，移走寨門四周的拒馬、鹿角等阻礙騎兵前進的阻礙物，並且舉著火把向遠處打著信號。

遠處，馬超看到這一幕，急忙對身後的王雙、成宜、張橫說道：「開始進攻，直衝到中軍大帳那裡，一定要將高飛斬殺！」

「諾！」

話音一落，馬超一馬當先，舉著地火玄盧槍帶著王雙、成宜、張橫以及身後的一萬七千名西涼騎兵波濤洶湧般的衝了過去。

最先衝進營寨的那一百多名黑衣人，則盡數從營寨裡撤了出來，似乎能夠感應到西涼騎兵帶來的破壞力一樣，生怕會波及到他們自身。

營寨的大門洞然大開，守營的士兵都倒在地上，快速移動的騎兵一頭便紮進營寨裡，高舉著手中的武器，高聲呼喊著。

奇怪的事情發生了，萬馬奔騰所帶來的震動就像地震一樣，加上西涼騎兵的喊叫聲已經傳遍了整個曠野，就算睡得再死的人也能被驚醒。可是，大營裡靜悄悄的，沒有一個士兵從營寨裡走出來，就連那些在大營內部駐守的士兵也一動不動的站著。

馬超發現了一絲不尋常，急忙勒住馬匹，喝令道：「全軍停止前進！」

突如其來的命令，讓正在急速奔跑中的騎兵有點意外，一些人沒有來得及控制住自己馬匹奔跑的速度，直接撞上前面已經停下來的騎兵，「轟」的一聲響，西涼騎兵頓時人仰馬翻。

馬聲嘶鳴，人聲鼎沸，謾罵聲也隨之響起，撞人的和被撞的士兵開始互相指責，就連座下的戰馬也互相出著粗氣，眼裡滿是憤怒，好像在罵對方為什麼要用你的頭撞我的屁股一樣，一時間混亂不堪。

嘈雜的聲音傳到馬超的耳朵裡，他怒吼道：「吵什麼吵？」

聽到他的怒喝，士兵們方才閉上嘴巴。

馬超環視周圍，舉槍朝不遠處一個穿著燕軍軍服，正在站崗的士兵刺了過去。

槍尖直接穿透了那士兵的心窩，可是**讓馬超覺得奇怪的是，沒有他想要的那種感覺，再仔細瞧了瞧，這才發現他刺中的竟然是一個稻草人！**

一看到稻草人，馬超的心裡就像是被火燎了一樣，登時變得心急如焚，忽然想起那天自己的幽靈騎兵被曹操燒死在大樹林裡的事來。

「馬超！」一聲巨大的吼聲猶如當頭棒喝，從前方傳了出來。

中軍大帳前，燕字大旗迎風飄展，在大旗的下面，高飛騎著烏雲踏雪馬，手持遊龍槍，頭頂烏金盔，身披連環龍鱗鎧，出現在夜色當中，映著周圍昏暗的火光，彷彿是一尊受人敬仰的神祇一般。

馬超見高飛單槍匹馬的站在那裡，一動不動，仔細地辨認了一下，驚呼道：「高飛？」

「上次你偷襲成功，這次又來偷襲，看來你是上癮了，你的招數已經老套了，下面該輪到我了。」

高飛話音一落，將手中的遊龍槍高高的舉了起來，營寨中緊跟著閃現出許多手持火把的士兵，一排排手持巨盾的重裝步兵堵在前面，組成一道鋼鐵的牆壁，在盾牌兵後面，是手持連弩的士兵，再後面，則是將弓箭拉滿的士兵，對馬超形成了半包圍之勢。

「刷！」高飛將遊龍槍向下一揮，弓弩手發射出手中的箭矢，萬箭齊發，在黑夜中讓人辨認不出到底有多少箭矢，朝著馬超等西涼兵射了過去。

武藝高強的，還能用兵器進行阻擋，可是那些還沒有做好準備的騎兵，則是紛紛落馬，有的甚至連人帶馬死在那裡，當場斃命。

「哇……」

與此同時，寨門口也傳來了西涼兵的數十聲慘叫，已經倒在地上的那些燕軍士兵，不知道怎麼回事紛紛站了起來，箭樓上的士兵開始射箭，兩邊的長槍兵刺殺著西涼兵的戰馬，使得戰馬受驚，驚慌失措之下立馬躁動起來。

「撤！快撤！我們中計了！」馬超這才反應過來，急忙大聲喊道。

「殺啊——」

營寨外的荒草叢裡，忽然火光突現，左邊趙雲、太史慈、張遼三員大將帶著騎兵衝殺過來，右邊黃忠、甘寧、龐德三員大將也帶著騎兵衝殺了過來，兩撥騎兵一起夾擊尚未完全進入營寨內的西涼騎兵。

前後都有敵人，馬超騎著汗血寶馬，慌不擇路地朝一邊衝了過去，身後王雙帶著一千多幽靈軍緊緊跟隨。

前面箭陣強大，後面騎兵厲害，驟然出現的燕軍讓西涼兵倍感焦急，想衝卻衝不出去，想留，恐怕只會死路一條。

高飛見馬超帶著王雙和小股兵力朝營寨的一邊殺了過去，躲開了正面的箭陣，生怕馬超走脫，便策馬舉槍，帶著文聘、盧橫、烏力登、蹋頓以及八百騎兵開始追擊，並大聲喊道：「休要走了馬超！」

馬超快速地跑到營寨邊緣，他目光如炬，看到了這個空隙，這裡沒有一個燕軍士兵把守，營外出現的士兵只顧著斬殺留在營寨外面的西涼兵而忽略了他。

他回頭看了眼正在混戰的士兵以及追過來的高飛等人，他腸子都悔青了，後悔沒有聽取索緒的建議。可是，事已至此，他能做的，只有竭盡全力的殺出重圍了。

「撞上去，把這該死的柵欄給撞開！」

馬超看著結實的營寨柵欄，同樣後悔剛才為什麼沒有一把火燒掉這個營寨，說不定到時候死在營中的都是藏身的燕軍了。

「轟！」幽靈騎兵從不反抗，逆來順受，一聽到馬超的命令，便衝撞了上去，王雙也揮舞著大刀開始劈斬柵欄。

這邊柵欄還沒衝破，那邊高飛帶著騎兵便追了過來，在距離還有大約五十米左右的地方，高飛等人紛紛拿出了連弩，就在馬背上對馬超這撥人進行射擊。

「嗖、嗖、嗖……」

箭矢如雨，立刻有一批騎兵倒地墜馬，但是在最前面的騎兵卻仍然在衝撞著柵欄。

這種連發的弩機雖然射程短，但是射速極快，而且準確度高，就在很短的時間內，弩機箭匣裡的弩箭已經用完了。但是，燕軍並未就此退卻，改而抽出腰中佩戴的鋼刀，明晃晃的刀刃在夜間顯得是那樣的森寒。

「殺——」

高飛挺著遊龍槍，一馬當先的衝進了幽靈騎兵的陣營裡，那些剛從背後掏出梭槍的士兵還沒有投擲出去，便被奔馳而來的燕軍騎兵紛紛砍在馬下，被戰馬踐踏的血肉模糊。

馬超在柵欄附近，看著正奮力朝他這裡衝殺過來的高飛，所到之處鮮血如注，皺起了眉頭，說道：「沒想到他的槍法如此精妙……」

「太子殿下，臣來救你了！」

說時遲，那時快，索緒帶著三千騎兵突然出現在柵欄的外面，急忙用繩索拴住柵欄，然後再策馬向後急退。

外面的人用力拉，裡面的人向外推，很快柵欄便倒了，馬超策馬而走，王雙等人也不敢久留，紛紛退走，什麼也顧不了了，逃命要緊。

馬超退了，高飛擔心會有埋伏，並沒有採取追擊，調轉馬頭，帶著文聘、盧橫、烏力登、蹋頓等人收拾被堵在營寨中的西涼兵。

燕軍大營裡，上萬的西涼兵被分割成兩部分，一部分在營寨外面被趙雲、黃忠等人帶領的騎兵圍住，另外一部分則在營中正面臨著強弓硬弩的射殺。

從西涼兵中計開始到馬超逃走，原本士氣高昂的西涼兵頓時變得沒有了戰心，成宜、張橫二人被馬超撇下，牢牢地被堵在燕軍的大營裡，幾次試圖衝出去，卻因為燕軍強硬的攻勢而敗退下來，最後，二人選擇投降，以求自保。

戰鬥只持續了半個時辰不到，整個燕軍大營內外就有近八千具屍體，其中七千五百具是西涼兵的，另外五百具是燕軍的。

戰鬥結束後，西涼兵在燕軍的看護下，盡皆放下了武器，交出了他們的馬匹，被人押到後營看管，另外有一些燕軍士兵則開始清掃戰場。

燕軍的大帳中，燈火通明，高飛橫坐在那裡，帳內文武齊聚，他面色陰沉，衝著帳外大聲喊道：「帶成宜、張橫！」

不多時，幾名士兵便押著被捆綁的成宜和張橫走了進來，說道：「成宜、張橫帶到！」

「跪下！」士兵們分別朝成宜、張橫的腿彎上踢了一腳。

「撲通」一聲，成宜、張橫便跪在地上，兩人被士兵按住，臉頰緊緊地貼著地面，眼睛上翻，看著高飛掙扎地說道：「我不服！我不服！」

高飛冷笑道：「你們有什麼不服的？」

成宜道：「我們是主動投降的，為什麼對待我們要像對待俘虜一樣？我不服！」

「正因為你們是主動投降的，所以我才要這麼對你們，如果你們堅持和我軍作戰，憑藉你們剩下的那九千多騎兵，肯定能夠殺出重圍。不過，你們兩個人心智不堅，見勢不妙便做了牆頭草，對待你們的舊主尚且如此，那以後你們又將如何對我？來人啊，推出去斬首，然後將首級懸掛在轅門外。」高飛堅毅地說道。

「等等……侯爺……我們是真心投降的，不是見勢不妙，天地良心啊，我們一直都很痛恨馬超、馬騰，待在他們手下也是迫不得已，我們其實早想投靠侯爺，只是當時礙於馬超在場，加上馬超又勇猛無匹，我們擔心不是對手，所以才沒敢亂動。侯爺，剛才你也看見了，馬超一走，我們就主動投降了，真的不是見風使舵。」張橫一聽要被問斬，忙大聲喊冤。

成宜也附和道：「是啊，我們確實是真心投降的，請侯爺明鑒。如果我們有半句虛言，我等就……天打五雷轟，不得好死！」

「主公，我看成、張兩位將軍誠意拳拳，確實是真心投降，不如給他們一個立功表現的機會，萬一錯殺了好人，只怕會引起其他降兵的不滿，那麼以後誰還敢投降主公呢。」荀攸站了出來，欠身說道。

郭嘉聽後，也站出來勸道：「主公，荀軍師說的極是。屬下有一計，可以瞬間瓦解西涼兵，但是，這條計策還需要成宜、張橫兩位將軍予以配合，他們既然是真心投降，那麼我們戰勝馬超就指日可待了。」

「侯爺，我們願為侯爺效犬馬之勞！只求侯爺能饒我們一命。」成宜、張橫聞言，急忙叩頭道。

高飛擺了擺手，士兵放開了成宜、張橫，並且將兩人鬆綁。

高飛說道：「既然你們那麼受到我的兩位軍師的推崇，就姑且留下你們的性命，且聽軍師的安排，如果能將馬騰、馬超父子的人頭割下來，那就再好不過了。奉孝，將你的計策告知給兩位將軍。」

「諾！」

郭嘉徑直走到成宜、張橫兩人身邊，小聲說道：「兩位將軍，你們只需……」

成宜、張橫兩人聽後，都顯得異常激動，同時抱拳道：「我們保證完成任務，到時候侯爺就請帶領大軍進攻就是了，我們做內應，必然能夠斬殺馬超、馬騰等人，剷除國賊。」

「很好。那麼……」高飛看了眼趙雲道：「給兩位將軍備馬，送他們歸營。」

趙雲接令，帶著成宜、張橫二人出了大帳。

高飛見他們走遠了，扭臉問道：「公達、奉孝，你們兩人真不愧是我的智囊，這樣的計策都想得出來，實在太好了。」

荀攸、郭嘉對視一眼，笑道：「多謝主公誇獎。」

趙雲將成宜、張橫放走後，便直接來到營寨的後面，去看那些被俘虜的西涼兵，還沒有走到，便看到太史慈一臉焦急地等候在那裡。

太史慈一見趙雲過來，立刻迎了上來，叫道：「子龍，你怎麼才來啊，我都等你半天了。」

趙雲笑道：「呵呵，我剛剛才把成宜、張橫送走，怎麼樣，你都準備好了嗎？」

「放心！早就準備好了。」

「那麼，咱們就按照軍師的吩咐去做吧！」

太史慈點點頭，剛走兩步，突然停下腳步，扭過頭道：「子龍……要不我們換換角色，殺俘虜是很爽的一件事，可是我已經好久沒殺過了，怕演砸了！」

趙雲面露難色，擺手道：「不不不……這種事你比較專業，還是你來最好，而且你殺俘虜的惡習已經在其他諸侯那裡傳開了，如果突然變好，那些西涼兵肯定會懷疑的。」

「什麼叫我比較專業啊，弄得好像我每天都在殺俘虜一樣。算了算了，看你這張小白臉，哪裡是幹這種事情的人！這種粗活還是交給我來好了，反正我臭名昭彰，不殺反而不正常了。」

太史慈說完話後，便徑直朝關押俘虜的地方走了過去。

趙雲緊隨在太史慈後面，但是在看到太史慈進入戰俘營後，便不再向前走了，而是等在那裡，等候太史慈給自己信號。

太史慈徑直走進戰俘營，九千多西涼兵全部聚集在營中的一個空地上，都垂頭喪氣的，不過，明眼人還是能夠看得出來，九千多人又分成了好幾個小團體，其中絕大部分都是羌人和雜胡，少數漢人聚集在靠邊的位置上，羌人和雜胡又互相聚集在不同的位置，同樣是羌人的西涼兵也並不是全部聚集在一起，而是又分成了幾撥。

一進入戰俘營，侯成便湊了過來，小聲對太史慈道：「將軍，一切都準備就緒了。」

「嗯，讓他出來吧。」太史慈掃視了一眼密密麻麻的人群，卻沒有看見自己熟悉的那幾張面孔，便說道。

侯成「諾」了一聲，招了招手，喊道：「弓箭手準備！」

此時，早已布置在戰俘營周圍的弓箭手都已經拉開了弓箭，將箭頭指向所有被俘虜的西涼兵。

西涼兵見狀，頓時大驚，臉上現出驚恐之色，有的竟然呆在那裡。

這時，從被俘虜的漢族西涼兵裡站起來一個人，那個人急忙道：「等等……我們已經投降了，為什麼要殺我們？」

太史慈雙手背後，看了那個人一眼，見那人的穿著打扮和西涼兵無疑，弄得蓬頭垢面的，如果不仔細看，他還真認不出來那個人就是宋憲。

他雙手放在腰間，朝前走了兩步，清了清嗓子，道：「你們都給我聽清楚了，本將是燕國虎翼將軍太史慈……」

不等他把話說完，那些俘虜的臉上都盡皆大驚失色，底下也是一片譁然，每個人都露出了自身難保的表情，因為他們知道，太史慈殺俘虜的是出了名的，這會兒落到他的手底下，哪裡還有活頭啊?!

宋憲生怕別人不知道太史慈是誰，表情十分的誇張，張大了嘴，指著太史慈說道：「你……你就是那個殺俘虜成性的太史……慈？」

「行不更名，坐不改姓，本將就是太史慈，你們落在本將的手裡，就別想活了。」太史慈朗聲喊道。

聲音一落，俘虜的人群中頓時罵聲一片，罵什麼的都有，總之很難聽。太史慈也早有準備，聽到謾罵聲後，深吸一口氣，大聲喊道：「誰再敢多說一句話，第一個殺了他！」

眾人見太史慈怒目相視，都不敢聲張，真的害怕第一個被殺，這會兒，沒有人逞英雄，都想再多活一會兒。

「都給我聽著，今天不是我要殺你們，我如果真的要殺你們，根本用不著親自來。只是，我想讓你們知道你們自己是怎麼死的，也算是讓你們死都瞑目了。」太史慈厲聲道：「你們的將軍成宜、張橫，為求活命，把你們全部出賣了，這兩個人本來我家主公是要殺掉的，可是他們說是你們蠱惑他們的，他們並無意跟我家主公為敵，說要殺就殺你們，說你們是馬騰那個叛國賊的心腹……」

「放他娘的屁！老子做鬼都不會放過那兩個混蛋！」宋憲看準時機，吼道：「我們是成宜、張橫的部下，他們是我們的將軍，虧得我們平時那麼相信他們，他們竟然這樣出賣我們。娘希匹的，老子不幹了，老子這次真的要投降了，我是真心投降燕侯的，老子不怕死，但是老子就算死，也要拉成宜和張橫給老子墊背！」

這時，宋憲身邊的幾個人同時站了起來，大聲附和道：「對，殺了成宜、張橫，給老子墊背！」

可是，這些話並沒有造成什麼轟動，除了宋憲等幾個早已潛伏的臥底站了起來外，其他的人連動都不動，看著宋憲等人就像是看猴子一樣。

太史慈不禁皺起眉頭，心想，**事到如今，這戲還有演下去的必要嗎？**

他猶豫了片刻，決定還是把戲給演下去，說道：

「好吧，我太史慈之所以喜歡殺俘虜，就是因為他們不是真心投靠，既然你們幾個現在是真心投靠的，那我就免去你們一死。現在，請你們幾個走出來，到那邊去，我給你們報仇斬殺成宜、張橫的機會，說不定你們還會因此立功當上將軍呢。」

宋憲等人見沒有什麼反應，可太史慈也沒有喊停，雖然知道失敗了，但還是從人群裡走了出來，站在太史慈指定的位置。

就在這時，戰俘營裡突然像炸開了鍋一樣，聲音無比的嘈雜，一個個的爭先恐後的，向太史慈表明真心投降的心跡。

太史慈心中大呼好險，想道：「這幫兔崽子，這麼後知後覺，還好剛才我決定把戲演完，不然的話，他們可真的要被我殺了……」

他抬起手，示意弓箭手放下兵器，同時讓侯成去見趙雲。

趙雲見成功了，大步流星地走了過來，出現在眾人的面前，掃視了一眼那些破口大罵成宜、張橫，並且發誓的不同種族的西涼兵，露出了笑容，對太史慈道：「可以進行下一項了。」

太史慈點點頭，讓士兵運來吃的、喝的，送進戰俘營裡，好好款待了那些西涼兵一番。

等西涼兵都安靜下來後，趙雲便朗聲說道：「在下燕國虎威將軍趙雲，見過各位涼州來的兄弟，從今天起，你們將正式加入我們燕軍這個大家庭，而我將作為你們的將軍，希望各位多多關照！」

眾人聽這個小白臉自稱是趙雲，都感到很是驚訝，趙雲的名聲在羌胡中頗為響亮，因為他們當中有不少人曾經參加幾年前北宮伯玉、韓遂等人發動的叛亂，對於平叛軍印象最深的，就是高飛的飛羽軍，而趙雲就是當時飛羽軍的主要將領之一，是以他們都感到十分榮幸。

「我等叩見趙將軍！」大批的羌胡向趙雲拜道，並且感染了其他人，都一起向趙雲拜了拜。

趙雲客氣地道：「我知道你們有不少人很痛恨成宜、張橫，所以，我向主公給你們爭取了一個這樣的機會。成宜、張橫已經被我們的主公給放了，現在，我也想把你們給放了，準備讓你們去執行一個非常重要的任務，如果成功，你們將是燕軍的大功臣，校尉、將軍的職位不比馬騰那邊少……只是，我不確定我能否相信你們？」

忽然，一個羌人站了起來，張嘴用力咬斷了自己的左手小指，鮮血登時流了出來，但是他臉上沒有一絲疼痛的樣子，道：「我斷指起誓，我是真心投靠燕侯，不殺成宜、張橫，誓不為人！」

話音一落，在場的人都站了起來，亦用牙齒咬掉了左手的小指，紛紛異口同聲地發起誓來：「我們斷指起誓，不殺成宜、張橫，誓不為人！」

所有的人都表現出羌胡人所擁有的男子氣概，包括那些漢籍的西涼兵也是如此，沒有人喊疼，沒有人皺一下眉頭，任由那手指不斷的流淌著鮮血，一滴一滴的滴到地上。

趙雲、太史慈、侯成、宋憲等人都震驚了，九千多人同時斷指，這是何等壯觀的場面啊。

「我相信你們！但是，請你們以後不要再自殘了。」趙雲被他們的行動給感動了，給予了肯定，扭頭對侯成說道：「快去傳軍醫過來。」

不多時，侯成叫來了軍醫，一二百名軍醫忙不迭地去給那些受傷的人包紮。這些軍醫都是高飛經過許久培養出來的，以前軍醫很少，一打仗就會有死傷，一個軍醫根本忙不過來，為了讓自己的後勤有所保障，所以高飛建了一個軍事醫學院，讓資深的軍醫擔任校長，專門教授那些有興趣且又能力的人，因為如此，所以高飛的軍隊裡，傷患一般會被照顧的很好。

趙雲趁著軍醫給這些人包紮之際，獨自走到那個最先斷指的人身邊，見那人身材魁梧，披頭散髮，眼窩深陷，一雙明亮的眼睛裡充滿了熱情，便問道：「你叫什麼名字？」

「滇吾！」那漢子回答道。

趙雲看了下滇吾的手指已經包紮好了，可是鮮血卻滲透了紗布，地上還有一截殘留的斷指，佩服地問道：「你是羌人中的哪一種？」

「勾就種羌，是一個小帥。」滇吾答道。

趙雲道：「據我所知，勾就種羌活動在隴西一帶，北接燒當羌、南鄰白馬羌和參狼羌，但是其人口少，部落小，如此小的部落裡能夠有你這樣的一位勇士，實在令人敬佩。不瞞你說，我家主公也是隴西……」

「隴西郡襄武縣，我知道。」滇吾道。

趙雲哈哈笑道：「好，知道就好，那你和主公也算是同鄉了，你能棄暗投明，實在是太好了，這些人都是你的部下嗎？」

「不算是，但都是我的兄弟，幾個渠帥都戰死了，他們沒有了首領，只有我是小帥，所以只能跟著我了。」

「滇吾！我決定了，從今以後，你就做我的部下。不過，眼下我有一項很重要的任務要交給你，希望你能夠完成。」

滇吾看了趙雲一眼，問道：「我是羌人，羌人向來反覆，難道將軍就不怕我反戈一擊嗎？」

「哈哈哈……你這話問的十分有水準，不過，我趙子龍到目前為止還沒怕過誰，既然我軍能抓你們一次，就能抓你們第二次、第三次，甚至許多次。你們羌人的武勇不用說，但是惟獨腦子不夠靈活，容易一根筋，這是你們的長處，可以讓你們在打仗的時候勇往無前，同時也是你們的短處，只要略施小計，你們就會一敗塗地。」

「將軍說得在理，北宮伯玉叛亂之時，我也參加了，在和飛羽軍打仗時就數次吃虧，我們不是將軍和燕侯的對手……所以，不知道我能否完成將軍所交付的任務……」滇吾自暴自棄的說。

「這件事很簡單，你一定能夠完成的，我相信你。」趙雲拍了拍滇吾的肩膀，然後將滇吾帶到一邊，將要做的事情告訴他。

滇吾聽後，狐疑地問道：「就這麼簡單？」

「就這麼簡單，成宜、張橫是兩個反覆無常的小人，回到秦軍大營之後，必然會將主公吩咐的事情和盤托出，不過，這也是我們將計就計的地方，就算沒有你們，我們也能巧妙的做好布置。但是，有了你們，我們將事半功倍，而且還能減少雙方的傷亡，對羌人、漢人，都有好處，你覺得呢？」趙雲道。

滇吾想了想，說道：「將軍說得極是，我答應將軍，明日大戰的時候，定會按照將軍的吩咐去做。」

「很好……」趙雲笑道。

之後，趙雲、太史慈按照原計劃放走了那九千多西涼兵，並且給予他們馬匹和武器，然後回去向高飛稟告。

第三章

烏合之眾

對一位勇敢的武士來說，還有什麼事比親手復仇更加甜美呢？滿足自己復仇的欲望，是上天賜予我們的偉大禮物，讓我們向敵軍發動猛烈的攻擊吧！哪一方先開始戰鬥，就說明他們比敵人更勇敢，讓我們蔑視這些烏合之眾吧！

夜色迷人，燕軍大營的門口，成宜、張橫被張遼給扣押了，非要逼著成宜、張橫拿出高飛寫的通行證，沒有通行證便不讓通過。

就因為如此，成宜和張橫光就通行證的問題，來來回回的在高飛的營帳和寨門之間跑了足足一個時辰，最後弄得高飛也不見他們了。

可是面對張遼的惡意阻攔，兩人敢怒不敢言，只能好生勸慰。

兩人正在哄著張遼時，忽然聽見萬馬奔騰，回過頭一看，竟然是滇吾帶著士兵回來了，兩人大吃一驚，愣在了那裡。

滇吾見到成宜、張橫後，翻身下馬，抱拳道：「將軍……」

「你怎麼會被放出來了？」成宜十分詫異，直接打斷了滇吾的話。

滇吾伸出左手，讓成宜、張橫看了看，小聲說道：「我們都被燕軍切斷了手指，之後燕侯讓我們跟著將軍回去，也許就把我們放了。」

成宜、張橫互相對視了一眼，心中暗喜，道：「很好……」

這時，趙雲策馬跑了過來，對守在寨門口的張遼說道：「文遠，主公有令，放成宜、張橫等人歸去，你莫要一再違抗命令，速速打開寨門！」

張遼道：「可是將軍，這些人不能放啊！放了就等於放虎歸山了……」

「放人！」趙雲喝斥道。

張遼的臉上現出無奈之色，走到成宜、張橫的身邊說道：「忠言逆耳，如果不是主公的命令，我肯定不會放了你們……」

「張文遠！你到底放還是不放？」趙雲惱羞成怒地道。

「放！打開寨門！」張遼高聲喊道。

趙雲見張遼打開寨門了，便調轉馬頭走了。

成宜、張橫見寨門開了，心中都很歡喜，正要走，卻被張遼一把拉住，道：「成將軍、張將軍，我有一件事想請問，還請兩位將軍如實回答。」

成宜、張橫點點頭，心急火燎的準備離開，什麼也不顧了。

「弒君者，真的是燕侯嗎？」

「不是，絕對不是，弒君者乃是馬超……」成宜生怕回答錯了性命不保，急忙擺手道。

「成將軍，請如實回答我的問題，如果真的是燕侯的話，那涼王一定是得到了遺旨，那他登基就是合情合理，那我再在這樣的人手底下待著，就是叛國逆賊了……」

成宜聽出了張遼話中的意思，試探地問道：「張將軍的意思是？」

張遼環視一圈，見沒有什麼可疑的人，小聲道：「我本是晉侯的舊將，投降燕侯是不得已的，如果涼王……不對，應該是陛下才對，如果陛下那邊可以接受我的話，我就過去投靠，而且，我可以告訴兩位將軍，燕侯是故意放你們走的，他是想利用完你們，然後再殺了你們……」

成宜、張橫將信將疑，可身在燕軍地盤上，又不敢說什麼，只得搪塞張遼。

張遼道：「兩位將軍看來真的是害怕高飛了……你們的事我已經知道了，明日和燕軍會決一死戰，**到時候我可以做內應，對高飛下殺手**，砍掉他的腦袋之後，那麼燕軍必然崩潰，到時候陛下、太子乘機掩殺，燕軍就會大敗，我只求在陛下和太子打敗燕軍之後，能讓我回到並州做州牧，封我為侯，僅此而已，不知道兩位將軍可否代為轉達？」

成宜、張橫急著走，便點了點頭。

張遼這才鬆開他們兩個，拱手道：「張遼的前途，就拜託兩位將軍了。」

「一定……一定……」成宜、張橫虛應一聲，急忙帶著滇吾等人離開了。

這邊西涼兵剛離開，那邊趙雲、太史慈、郭嘉便現身，來到張遼的身邊，笑了起來，期待著明天的決戰……

成宜、張橫帶著滇吾等人回去，快到秦軍大營時，兩人便讓士兵停了下來。

「將軍，怎麼不走了？」滇吾問。

成宜道：「從現在起，回到軍營後，任何人不得說我們曾經向燕軍投降的事，誰要是膽敢違抗，定斬不赦。」

張橫想了想，補充道：「當時我們被包圍了，幾乎沒有脫困的可能，如果太子殿下的部下有人問你們是怎麼回來的，你們就說是敵軍大將張遼故意放我們走的，明白了嗎？」

「明白了！」滇吾和眾人答道。

成宜湊到張橫身邊，問道：「你真的相信張遼？」

「他都把話說得那麼明白了，而且他確實是呂布的舊將，加上受到趙雲的打擊，高飛又不重用他，只讓他守門，而且他很清楚自己想要什麼，還有什麼不能相信的？」張橫道。

成宜道：「好吧，明日在戰場上時，就可以知道張遼說的是不是真的了，不過，前提是我們必須把這個消息告訴給太子殿下，就說是張遼告訴我們這樣做的。這樣，他就不會懷疑我們投降過敵人了。」

「妙啊，呵呵！」

兩個人邊說邊笑，帶著滇吾等騎兵繼續往兵營裡趕去。

秦軍的前軍大營裡，馬超正在氣頭上，他是拼死逃脫，在索緒、王雙的保護下才好不容易逃回來的，回來後，不禁破口大罵高飛。

這時，一個士兵走進馬超的大帳，跪地叩拜道：「參見太子殿下，成宜、張橫兩位將軍帶著殘軍回營了。」

「哦？他們兩個人沒被抓住？」馬超感到很是驚奇，「讓他們兩個進來見我！」

「諾！」

「太子殿下，燕軍當時已經把他們給包圍起來，按照燕軍的實力，應該不會讓他們走脫才對。」

不一會兒，成宜、張橫便走了進來，當即向馬超跪拜道：「參見太子殿下！」

「你們兩個身陷重圍，為什麼身上沒有一點傷痕？就連血跡也寥寥無幾？」馬超怒視著成宜、張橫，厲聲問道。

「回太子話，我們兄弟確實被敵人圍住，本以為突圍不出，但求一死，哪知道敵軍大將張遼突然放了我們一條生路，並且給了屬下一封信，讓屬下帶回來交給太子殿下。」說著，成宜從懷中掏出一封信交給馬超。

馬超接過信，打開一看，登時聞到一股墨香，見信上墨跡未乾，道：「這墨跡為什麼還沒有乾，好像是剛剛寫的一樣？」

「額……是這樣的，張遼給的這封信，屬下認為很重要，所以一直揣在懷裡，剛才一路上奔馳，屬下大汗淋漓，是以墨跡未乾。」成宜忙解釋道。

馬超看他手上確實沾滿了汗水，就連紙張也很潮濕，信以為真，不再過問，將信匆匆地流覽了一遍。

「如果照信上所說，那麼明天燕軍肯定會被我們全殲……」馬超看後道。

索緒急忙說道：「太子殿下，屬下覺得這**其中有詐！**」

「嗯？你說說看，如何有詐？」

馬超本來不是很愛聽索緒說話，可是畢竟索緒已經連續救過他兩次了，而且兩次都是因為他沒有聽索緒的話所致。

陳群雖然是他的軍師，可是陳群的騎術實在很糟糕，根本經受不起顛簸，所以一般打仗他都不會帶著陳群，覺得陳群會礙事，正因如此，經過兩次中計後，他對索緒越來越看重了。

索緒想了想，道：「臣以為，以當時的情況來看，就算張遼有心放走成宜、張橫兩位將軍，可其他燕將豈會同意？何況，張遼在燕軍中並不是單獨領兵，部下的士兵也未必都聽張遼的，據臣所知，張遼隸屬於趙雲，他怎麼可能會冒著那麼大的風險放走兩位將軍呢？還有這封信，明明就是剛剛書寫的，如果真的是從張遼手中拿過來，定然是張遼早就寫好了的，墨跡應該早就乾了，就算成宜將軍貼身收藏，汗水如果浸濕了紙張，字跡應該變得模糊才對，以上種種疑點，還請太子殿下明察。」

馬超聽後，覺得索緒分析的十分有道理，立刻變色，厲聲道：「你們這兩個騙子！快把實際情況說出來，不然的話，拉出去砍了！」

成宜、張橫嚇得兩腿哆嗦，目光仇視著索緒，求饒道：「太子殿下饒命啊，太子殿下饒命啊，臣等是被燕軍俘虜了，是高飛放臣等回來的……」

於是，成宜、張橫便將燕軍那邊吩咐他們做的事情一五一十地給說了出來，所說的和信中寫的一樣。原來，兩個人覺得被人俘虜過很不光彩，便想出了這個方法，企圖掩蓋被俘虜過的事情。如今被索緒看穿，只能老實交代。

馬超聽完，看了眼索緒，問道：「你認為他們說的都是真的嗎？」

索緒道：「這會兒兩位將軍的話應該不會假，他們是迫不得已投降高飛的，並不是真心而為，現在被放回來，正好利用燕軍讓他們做內應的事情予以反擊，明日就和燕軍決戰，然後將計就計。」

「好，就這樣做，讓張繡、程銀、梁興、楊秋、侯選、馬玩六部兵馬過來，燕軍一共七萬人，我要用十萬人將燕軍徹底擊垮！」馬超自信地道。

索緒道：「諾！」

馬騰稱帝後，一直悶悶不樂，他既然是被兒子推到了風口浪尖，受千夫所指，萬人謾罵，再怎麼著，他的心裡也不舒坦。

他這個皇帝當的，一點也不開心，索性他也不願意管了，直接將軍隊的指揮權盡數移交給兒子馬超，他自己則帶著楊彪、陳群等人以及萬餘騎兵回關中去。

是以，如今的官渡戰場上，馬超成了整個秦軍的總指揮，索緒是兼職軍師，王雙是先鋒大將，而遺留在戰場上的兵力，高達十六萬，其中十二萬騎兵，四萬步兵。

但是，就領兵情況來看，張繡收編的楊奉的七萬步騎兵是最多的，至於索緒、王雙、程銀、梁興、楊秋、侯選、馬玩、李諶、成宜、張橫等十人，則各自帶領一萬騎兵，不過，只有索緒、王雙的部下是馬超嫡系。

次日清晨，陽光明媚，微風徐徐，官渡戰場上，兩支大軍，西邊是雄壯的西涼兵，十萬騎兵排列有序，呈現出一個錐字的陣形，已經擺好了隨時進攻的姿態。

最前面，馬超披掛整齊，顯得威風八面，背後兩個人是索緒、王雙以及他們的兵馬，程銀、梁興、楊秋的兵馬在中間，侯選、馬玩、成宜、張橫、李諶的兵馬緊緊接連，張繡帶領的騎兵在最後面。

除此之外，尚有張繡所帶領的一萬騎兵、四萬步兵在距離此處不遠的地方，隨時做好接應準備，與其說是十萬大軍，倒不如說是十五萬大軍全部參戰，而整個秦軍大營裡，只留下一萬老弱的騎兵負責守營。

這樣的安排，完全是**馬超想一舉擊垮燕軍，力求一戰定勝負**，但是，他也考慮到了程銀等人，這些人不是他的嫡系，昨夜成宜、張橫的見風使舵，讓他意識到了一點點危險，所以才會讓自己最信任的張繡帶領士兵在後面看護，如果有人撤退或者臨陣倒戈的話，那麼藏在遠處的一萬騎兵、四萬步兵就會隨時湧出，在張繡的帶領下消除威脅。

秦軍大旗迎風飄展，十五萬大軍氣勢雄渾，兵馬雄壯的秦軍帶著莫大的興奮，看著對面已經擺開的燕軍，臉上不免露出不屑的表情。

官渡戰場的東邊，黑色金字的燕軍大旗密布，重步兵擋在整個軍隊的最前面，重步兵的後面是弓弩手以及拿著長槍的步兵，兩翼是騎兵，正中間的一面大纛下面，重騎兵防護著高飛。

刀槍林立，旌旗飄展，燕軍陣營裡虛虛實實，擠在一起的士兵中間，總是能夠看到有一個一動不動的人夾在那裡，若不走近看的話，根本分辨不出來燕軍的隊伍中還有逼真的稻草人存在。

高飛騎在烏雲踏雪馬上，看了看自己的七萬大軍，生怕對面的秦軍會發現什麼端倪，所以，他會讓士兵不時的帶著稻草人活動一下。

「主公，太史慈、甘寧、趙雲、黃忠、龐德、張遼、文聘、烏力登、蹋頓全部準備好了。」荀攸策馬趕來，向高飛說道。

高飛輕點頭顱，扭頭對荀攸以及身邊的郭嘉說道：「大戰在即，二位軍師請離開戰場，一旦開戰，我不可能顧及你們。盧橫，你帶領五百騎兵保護二位軍師。」

「諾！」盧橫答道。

郭嘉推辭道：「主公，我軍兵力少，五百騎兵與其用來保護我們，不如用到戰場上，何況我和荀軍師也沒有主公想像的那麼弱。這幾年跟著主公東征西討，南征北戰，早已經習慣了馬上作戰，我們雖然不能衝鋒在前，卻能控弦在後，可以用箭矢迎擊敵人。主公請不要為我們擔心，我們不會有事的。」

荀攸道：「是啊主公，請主公專心迎戰便是。」

高飛還是不放心，道：「呂曠、呂翔！貼身保護兩位軍師！」

呂曠、呂翔自從投降燕軍後，還未參加過什麼大戰，這是頭一次，他們聽了，便抱拳道：「諾！」

郭嘉、荀攸還欲勸阻，均被高飛打斷。

之後，高飛「駕」的大喝一聲，便策馬奔馳到軍隊的最前面，盧橫帶著一百名親隨緊緊相隨。

高飛到了整個軍隊的最前面，看到士兵的臉上都凝聚著一種怒氣，他從南到北的跑了一圈，最後停留在軍隊的正中間，深吸一口氣，用最大的聲音喊道：

「士兵們，在擊敗了那麼多的敵人，征服了那麼廣闊的土地之後，你們終於站到中原大地上了！」

頓了頓，高飛繼續喊道：「我認為在現在這種環境下，用演說來激勵你們的士氣，顯得有些多餘和愚蠢，好像你們還不明白，目前我們面對的是怎樣的情況。不過對一位新入伍的士兵，或一支從未參過戰的部隊來說，這可能還會起點作用。事實上，我也的確想不出什麼你們樂意聽的話了。**這世界上還有什麼東西，比戰爭更讓你們熟悉呢？**

「對一位勇敢的武士來說，又還有什麼事比親手復仇更加甜美呢？滿足自己復仇的欲望，是上天賜予我們的偉大禮物，所以，讓我們立即向敵軍發動猛烈的攻擊吧！哪一方先開始戰鬥，就說明他們比敵人更勇敢。**兩軍相逢勇者勝**，讓我們蔑視這些烏合之眾吧！

「我們的敵人只是雜種民族與雜牌軍隊，一群懦夫與另一群懦夫的聯合，依靠兵力的多少來保護自己，恰好是他們懦弱的證明，在我們的攻擊還沒有開始之前，他們的心中已經滿懷恐懼。」

高飛扭頭看了一眼遠方的秦軍，見秦軍陣容強大，平原已經被完全占領了，周邊的土山上也站滿了人，便繼續高聲喊道：

「瞧！他們現在占領著高地，並為自己貿然下到開闊地帶和我們作戰而後悔呢！」

「你們知道，秦軍的武器輕得就像灰塵一樣，一點小傷就足以使得他們士氣低落，而且這還是在他們保持著陣形、高舉著兵器的時候！用你們習慣的耐力去戰鬥吧，不要去關心敵人兵力的多寡！」

「讓我們衝垮這些秦軍的陣形，壓碎這些昨晚在我們劍下逃脫的西涼兵！在這敵軍主力所在的核心地帶，我們最容易迅速地贏得戰爭的勝利。當我們的第一條弓弦被拉斷的時候，他們的隊伍必然會發生動搖，敵軍陣形的骨架就支撐不住它的軀幹了。」

「這便是你們運用你們的勇氣、發洩你們熟悉的怒火之時！戰士們，我高飛請求你們，拿起你們的武器來！誰要是受傷了，就要用敵人的死亡來回擊！誰要是還沒有掛彩，就要用敵人的血肉填飽自己的饑腸！勝利者是永遠不會被敵人擊中要害的，那些戰死者在和平時期一樣也會死。」

「我的勇士們！我在你們的臉上為什麼看到了不安和恐懼？如果單單因為敵人的兵力多，那麼就讓我們用手中的武器去減少敵人的數量，**為什麼我們漢人多年來百戰百勝，在面對外來民族的欺凌時表現出超乎異常的勇敢？就是因為我們華夏的兒女，是炎黃的子孫**，讓我們舉起手中的武器，把那些帶著侵略性質的雜胡和羌人統統打回老家去，讓他們記住，我們漢人，是神聖不可戰勝的，我們燕軍，是堅不可摧的！幸運之神已經降臨我軍，只管向前衝殺，我們要在這裡結束一切！」

「你們知道，我們漢人犀利的目光向來是其他民族不能承受的，神諭已經作出了對我們有利的裁決。今天你們腳下的這塊戰場，已經許諾給予我們輝煌的勝利。你們不要讓我為與勝利擦肩而過而懊喪，請迅速把敵軍主將的首級提來給我吧！」

「讓敵人的財富填滿你們的錢袋，讓敵人的骷髏裝飾你們的胸膛吧！願蒼天和眾神和你們在一起！我高飛和你們在一起！我本人將向敵人射出第一支箭，如果哪個可憐蟲膽敢不照我的樣子行動，他一定會死得很痛苦！」

「我驍勇善戰的勇士們，跟隨著我，你們的主公，把前方那些覬覦大漢權柄，玩弄朝綱的羌胡統統掃除乾淨，讓他們記住你們的名字！」

長達十幾分鐘的激情演講，高飛的內心澎湃不已，所有聽到這段演講的將士，都受到了極大的激勵和鼓舞，剛才還有些人會擔心，但是聽完這段演說後，感到自己彷彿被神附體，達到了刀槍不入的境界，全部變得躁動不安起來，舞著手中的武器，齊聲吶喊道：

「燕軍威武！主公威武！狹路相逢勇者勝！」

喊聲震天，響徹天地。

高飛看準了時機，調轉馬頭，將手中的遊龍槍拴在馬鞍旁，取出一張射程極遠的貊弓，搭上箭矢，拉開弓弦，一馬當先的衝了出去，嘴裡喊道：「衝啊！」

一聲令下，燕軍陣營裡，分散在兩翼的輕騎兵在黃忠、太史慈的帶領下，六千名擅於在馬上射箭，而且箭術精準的騎兵便呼嘯著衝了出去。

馬超看後，冷笑一聲，連動都沒有動便說道：「不自量力，這次讓你們有來無回，跟我衝上去迎戰，通知成宜、張橫，可以開始了。」

索緒「諾」了一聲，剛調轉馬頭，便見馬超、王雙帶著早已迫不及待的騎兵紛紛拿著弓箭衝了出去，他則急忙向後趕，同時拿出一面小旗，對後面發號施令。

大戰，一觸即發……

「嗖！」

一支黑色的羽箭劃破長空，從策馬奔馳的高飛手中射了出去，成為這個戰場上的第一箭，飛快地朝著對面奔馳而來的馬超而去。

隨後，黃忠、太史慈等六千餘名擅於射箭的輕騎兵紛紛射出箭矢，清一色的貊弓展現出了他們的威力，讓只有在東夷才有如此遠射程的弓出現在中原的戰場上。

一箭射完，第二箭也以迅疾的速度搭上了弓弦，不過，與眾不同的是，高飛等人調轉了馬頭，沒有再向前衝，而是從兩邊迂迴了回去，同時在退後的時候還不忘記回身射擊。

「叮！」

馬超看到高飛從那麼遠的距離就射出箭矢，除了感到驚奇外，對於高飛等人不欲接近更加的惱火。

就在第一支箭矢以其飛快的速度朝馬超的面門射來時，馬超仰身躲過，背部緊貼著馬背，一隻手突然鬆開弓箭，騰出了一隻腳蹬著弓體，另外一隻手還在拉著弓箭，緊接著，他的腳抬高，讓箭頭朝天，一聲弦響後，那支箭矢便升空了，同時發出了一聲尖銳的鳴鏑聲。

之後，他翻身而起，坐在馬鞍上，用雙臂拉開了手中的弓箭，用飛快的速度一連射出去三支箭矢，一支剛去，另外一支緊接著飛出，第三支則是尾隨其後，三支箭矢猶如大海中層層的波浪，向對面的燕軍射了過去。

鳴鏑響起，王雙等西涼兵接到了信號，紛紛射出自己手中的箭矢。

一時間，戰場中間的箭矢如同雨點一樣密集，兩邊的箭矢有的碰撞在一起，因此偏離了方向或者掉在地上，但更多的則是擦肩而過，分別射向兩邊的士兵。

「哇……」

一通箭矢的較量正式拉開了整個大戰的序幕，兩邊均有不同程度的損傷，在這方面，誰也沒有太大的優勢。燕軍雖然有貊弓在手，可以在遠距離就射出箭矢，但是他們面對的是同樣在馬背上生活並且擅於射箭的西涼兵，加上西涼兵也在快速的移動中，而燕軍則是射完一通就撤，在撤退的過程中，難免會遇到西涼兵射來的箭矢。

燕軍的整個戰爭部署已經很明確了，**六千弓騎兵只不過起到挑起戰爭，引敵來犯的作用**，是以邊退便射擊，不與西涼兵做近身搏鬥。

可馬超不一樣，在他看來，燕軍猛烈的奔馳過來，中途卻又逃跑，這就是缺乏勇氣的表現，所以他窮追不捨，用自己手中的弓箭能殺一個算一個，最後直接衝到對方陣營，用鐵蹄踏破他們的陣營，讓他們知道和自己作對的後果。

所以，戰場上就出現了這樣有趣的一幕，起初氣勢雄渾先發制人的燕軍，竟然被西涼兵追著打，而且還是一路被追到了陣營裡。

高飛只放了兩箭，至於那兩支箭到底射沒射死一個敵人，**他不在乎，他在乎的是馬超跟來了**。

烏雲踏雪馬的速度驚人，驟然奔馳到了排列好的陣地前面，高飛用手一揮，排列在最前方舉著巨盾的重步兵便直接分開了，讓出一條寬闊的道路給高飛等退回來的騎兵通行。

與此同時，重步兵的陣營裡也發生了質的變化，他們紛紛移開手上的巨盾，將身體側轉，在人與人之間的縫隙裡，陡然現出無數張重型的弩車，弩車已經被拉開了，車體上面的凹槽裡裝滿了弩箭。

黃忠、太史慈等人見自己的陣地發生了變化，迅速合兵一處，從已經讓出道路的重步兵中間穿行。

這個時候，站在重步兵隊伍裡負責指揮的龐德看準了時機，一邊拉開自己手中的弓箭，一邊大聲喊道：「放箭！」

一聲令下，早已準備就緒，握著貊弓的弓箭手射出手中的弓箭，重型的弩機，也發出了它的咆哮，被裝滿這長長弩臂的二十支弩箭一次飛了出去。

天上是漫天飛舞的箭矢，離地面半米的低空中，是如蝗的弩箭，面對箭雨的侵襲，馬超的臉上露出一絲驚訝，急忙雙腿夾住座下的汗血寶馬，騰空躍起，高過那貼著地面射來的強勁有力的弩箭，躲過了一次侵襲，同時棄弓取槍，揮舞成一道防護網，撥開了許多射來的箭矢，將自己和座下戰馬的前方都罩住。

「轟！」

汗血寶馬落地，在地上砸出了四個大坑，健壯有力的四個蹄子只稍微彎曲了一下，便隨即彈起，被馬超用力的拉了一下韁繩，便停住了前進的腳步，遠遠地看著燕軍騎兵盡數撤到陣營裡，那道供其通過的道路，也迅速被堵上了。

「啊——」背後是騎兵中箭落馬的聲音，以及馬匹受傷所發出的悲鳴和長嘶。

馬超陰鬱著臉，看著嚴陣以待的燕軍，以及不斷射出箭矢的弓箭手，他才知道自己上當了，急忙喊道：「全軍撤……」

不等馬超把話喊完，燕軍陣營裡突然戰鼓被擂響，剛才回到陣營裡的弓騎兵竟然又從兩翼重新殺了出來，左邊黃忠、右邊太史慈，高飛一馬當先的衝在中間，馬上的人配合著站在方陣裡面的弓箭手，開始組成了又一次密集的箭雨，紛紛朝西涼兵射去。

「撤退！」

馬超急忙調轉馬頭，沒有絲毫的猶豫，他沒有必要把功夫浪費在這上面，因為成宜、張橫就要行動了，到時候高飛肯定會以為成宜、張橫發動了叛亂，那麼就會不顧一切的衝殺過來，到時候，他再用早已經布置好的騎兵將其包圍起來，任誰都跑不掉。

這一次，該輪到西涼兵被追逐了，高飛率領著燕軍的弓騎兵開始追逐著，努力的用自己手中的箭矢招呼這些來犯之敵，一通箭矢射完，另外一通箭矢緊接著跟上，沒有再撤退的意思，而是窮追不捨。

西涼兵雖然也是邊退邊打，可是畢竟弓箭的射程不夠，不再向衝鋒時那樣可以用速度彌補射程的不足了，現在，他們只有挨打的份。

慘叫聲不斷，中箭的西涼兵紛紛墜馬。

戰爭，就這樣在一陣箭矢的較量中被拉開了序幕……

戰爭的序幕一經被拉開，好戲就開始上演了。

秦軍陣營裡，成宜、張橫接到了信號，互相對視一眼，他們站的太靠後面，根本看不到前面的戰況。

「成兄，可以行動了嗎？」張橫看著身邊的成宜，問道。

「再等等吧，太子殿下說過，讓我們等前線衝鋒一點時間，現在戰爭剛剛開始，不用那麼著急。」成宜道。

說完，成宜轉身對身後的滇吾說道：「滇吾，你都準備好了嗎？」

滇吾面無表情，點點頭道：「已經準備好了，只等將軍一聲令下了。」

成宜道：「很好，一會兒張繡會配合我們，但是不要玩真格的，只做個樣子給燕軍看就行了，讓他們知道我們是真的在戰場上發動了叛亂，那樣他們就會不顧一切的撲上來，我們就可以將計就計，將燕軍一網打盡了。」

「成兄，還是你聰明，太子殿下不但沒有責怪我們，反而嘉獎我們，等我們把這件事做了，估計太子殿下會給我們兩個加官進爵的。」張橫歡喜地說道。

「笛──」

一聲鳴鏑再次響起，成宜、張橫臉上登時露出喜色，對視道：「已經是第三聲了，也就是說，太子殿下讓我們開始行動了。」

張橫道：「那還等什麼？」

成宜點點頭，轉過身子，對自己的部下說道：「兄弟們，立功的機會來了，大家一起……」

「成將軍！」

一聲巨吼打斷了成宜的話，一個體格健壯的漢子披著戰甲戴著頭盔，翩翩從前面趕了過來。

成宜、張橫回頭一看，竟然是馬玩，便和聲和氣地說道：「馬將軍，有事情嗎？」

馬玩笑了笑，來到成宜、張橫的面前，說道：「成將軍、張將軍，太子交給你們一個任務，聽說很重要，可以讓你們加官進爵，對吧？」

成宜、張橫一聽馬玩這樣說話，便立刻明白馬玩想幹什麼了，兩人齊聲道：「確有其事。」

馬玩道：「哦，看來太子還是很器重你們的，不過，我覺得你麼兩個人不一定能夠做好，所以，我想過來幫幫你們。」

「哼！你是想過來分一杯羹吧？我們兩支軍馬綽綽有餘。」

「唉，大家都是兄弟，常年穿一條褲子，說話何必那麼決絕呢，大家有錢一起賺，有功一起得，不是很好嗎？」馬玩嬉皮笑臉地道：「再說，要想把動靜搞大，多了我這一支兵馬，不是讓燕軍多一份信任嗎？你們說是不是？」

成宜對於馬玩的貪婪十分厭惡，而且，這事情除了馬超、索緒、王雙外，就剩下他們兩個人知道了，成宜、張橫都暗暗驚訝，這馬玩是如何知道這件事的？

馬玩站在那裡，一臉的笑容，幸虧昨天晚上他去找馬超了，當時剛好聽到了帳內的談話，覺得這是一個立功的好機會，便決定今天再和成宜、張橫攤牌，然後從他們兩個人那裡把功勞搶過來一些。

「你怎麼知道的？」成宜狐疑地望著馬玩。

「呵呵，這你就別管了，總之，現在只有我知道，當然，還有一個配合你們的張繡。如果你們不答應的話，那我就將這件事告知其他幾位將軍，我想，他們都是很樂意為兩位將軍分擔的。」馬玩自始至終都是一臉的笑意，似乎已經將整件事掌控在手中一樣。

「你……好卑鄙！」張橫指著馬玩說道。

「唉，別這麼說嘛，我這也是為了你們著想啊。你們想想，其他幾位將軍並不知情，你們真的去做了，他們必然會以為你們是造反，然後攻擊你們，到時候你們肯定會損兵折將的，說不定還會喪命。別忘了，侯選、楊秋可是很樂意看到你們兩個斃命呢。」

成宜、張橫想了想，覺得馬玩說得也有道理，他們也想過這個問題，本來昨夜馬超說要將此事通知給其他將軍的，但是後來考慮到真實性便作罷了。

只是，他們並不知道，馬超這樣做的動機是十分不單純的，一來想讓燕軍上當，二來也想借用其他將軍的手殺了成宜、張橫，誰讓他們投降燕軍的，該殺！

兩人當時只在乎自己能夠賺取大功勞，沒在意太多，此時忽然聽到馬玩的話，不禁覺得自己很危險，陡然生出一種危機感，還真怕其他人把他們當成反賊給殺了。

他們都是馬騰在涼州四處招攬，而且和羌胡關係還不錯的人，其中以侯選、楊秋武力最高，加上他們兩個人曾經和侯選、楊秋有過一點嫌隙，所以彼此都看對方不順眼，久而久之，就暗中結下了梁子。

考慮再三，成宜、張橫還是決定同意馬玩的意見，一起問道：「可是就算你加入進來了，其他將軍不知情，也會一樣對我們造成威脅的……」

「這個你們放心，你們兩個只管按照太子的意思去做，我的兵馬和你們兩個緊挨著，他們要想過來，必須通過我，只要我用兵馬攔住他們，你們就沒事了。」馬玩說道。

「好吧，馬將軍，就這樣辦了。」

「笛——」

第四聲鳴鏑在這個時候響了起來，成宜、張橫知道，這是在催促他們趕快行動的信號，於是，兩個人二話不說，登時調轉了馬頭，帶著自己的部下，便開始朝張繡那邊殺了過去。

張繡在自己的陣營裡焦急地等待著，看到前面的成宜、張橫一直沒有行動，而鳴鏑已經響起了第四聲，便忍不住地罵道：「該死的成宜、張橫，到底在幹什麼，怎麼還不行動？」

「殺啊——」

他話音剛落，成宜、張橫便立刻發動了「叛亂」，他臉上浮起了笑容，說道：「將士們，按照原計劃進行……」

可是，不等他的話音落下，成宜、張橫的兩部兵馬便迅速地殺了過來。

讓他感到驚奇的是，那些舉著馬刀的騎兵盡皆把身上的外衣給脫掉，露出了穿著黑色鐵甲的身軀，一經衝到自己的陣營裡，手起刀落，數百個人頭盡皆落地。

「他娘的！你們幹什麼？假戲真做啊？」張繡驚詫之餘，不禁開口大罵起來。

就在這時，滇吾揮舞著還在滴血的馬刀，氣勢洶洶地朝張繡衝了過來。

張繡感到有些不尋常，雙手綽槍，呵斥道：「你們在幹什麼？不是說好了……」

不等他話說完，他便看到滇吾眼中閃出殺機，刀光一閃，冰冷的刀鋒朝他劈來。

他大吃一驚，完全沒有想道會遇到這種事情，也搞不清楚到底發生了什麼事，情急之下，他本能地用銀蛇槍去架滇吾的馬刀。可是，滇吾的刀很詭異，眼看就要和他的銀蛇槍碰撞，刀刃突然轉變，斜著朝他握著銀蛇槍的手削了過去。

他頓時一陣驚慌，雙手急忙脫離銀蛇槍，那銀蛇槍直接掉落在地上，同時抽出腰中的佩劍。

第四章

真正強者

「我曹孟德何許人也？怎麼可以跟著別人的屁股後面呢？如果一味的模仿別人，那我們永遠都是弱者。真正的強者，就是當你站在一個比你強大百倍的敵人面前而不膽怯。我曹孟德，就是這樣的人！」曹孟德慷慨激昂地說道。

他將佩劍剛架到一半，滇吾的馬刀便又轉變了方向，朝著他的頭便劈了過來。情急之中，他急忙側過身子，忽然肩膀上感到一股涼意，冰冷刺骨的刀鋒劃破了他的肩頭，緊接著是劇烈的疼痛和不斷向外噴湧的鮮血。

「錚！」

張繡終於將滇吾的馬刀給撥開了，餘光掃視到周圍的士兵大多數都戰死了，他差點就被包圍了，加上自己身體受傷，想都不想，急忙用佩劍一陣亂刺，避開滇吾，然後調轉馬頭，朝後面跑了過去。

他走的時候，還不忘記回頭看一眼滇吾，將那張臉深深地刻在腦海裡，同時看到成宜、張橫部下的騎兵正在屠殺自己措手不及的部下，便想道：「看來，他們是真的反了……」

事情出乎了成宜、張橫的預料，明明和他們的部下說了這是在做戲，可是為什麼還是假戲真做了，殺了不少自己人。他們兩個急忙高呼道：「你們幹什麼，這是在做戲啊，你們都住手！」

馬玩看了，眼睛都要掉下來了，他張大嘴巴，自言自語地說道：「這演得也太逼真了吧，太子殿下這是想幹什麼？」

騷亂、慘叫、馬嘶、叫喊，在秦軍陣營的後方登時向四面八方傳了出去，立刻引來前面幾位將軍的注目。

侯選身披連環鎧，頭戴一頂熟銅盔，手中握著一桿長矛，正在等待著馬超發動全軍衝鋒的命令，卻不想背後傳來一陣騷亂。他急忙回頭看去，見成宜、張橫的部下正在追殺張繡的部下，而馬玩把整支軍隊一字擺開，卻站在那裡觀望。

「駕！」

侯選二話不說，大喝一聲，調轉馬頭，快速地穿過人群跑到後面，到達馬玩身邊，急忙問道：「成宜、張橫造反，你為何按兵不動？」

馬玩指著成宜、張橫說道：「他們是受了太子殿下的吩咐，是太子殿下讓他們造反的！」

侯選迷茫了，皺起了眉頭，看著成宜、張橫的身影，眼裡掠過一抹殺機，舉起手中的長矛，用長矛的柄端打在馬玩的身上，將毫無防備的馬玩給擊落下馬，呵斥道：

「滾你娘的蛋！這明顯是造反，出兵，殺賊，立功之後，你我平分，等張繡反應過來，楊秋、程銀他們來了，你想立功都沒有機會了！」

馬玩被侯選擊落馬下，摔了一個狗啃泥，吐掉嘴裡銜著的荒草，急忙從地上爬起來，指著侯選罵道：「你他娘的……」

侯選怒視著馬玩，目光陰冷，就連臉上的青筋都爆了起來，低聲吼道：「再敢罵一句，讓你血濺當場！」

馬玩被侯選的話鎮住了，更被侯選那陰冷的表情給嚇得後退了幾步，他知道侯選的為人和武力，就算是十個自己綁在一起也打不過一個侯選。

他聽侯選剛才說的話，明顯是想置成宜、張橫於死地，他也明白侯選和他們有過節，加上他又是親耳聽到馬超讓成宜、張橫如此做的，所以對侯選並不怎麼相信，只道是侯選想趁機下黑手。

「真的是太子殿下的安排……」

「安排你個大頭鬼！就算太子殿下早有安排，成宜、張橫所做的事，已經超出了太子殿下的預料，這兩個本來就是牆頭草，肯定是昨夜投降燕軍了，你看看他們做的事，哪裡是在做戲，明顯是真的造反了！快出兵，不出兵的話，老子的兵馬就從你部下的屍體上踏過去！」侯選怒道。

馬玩是個大滑頭，別的本事沒有，溜鬚拍馬可是出了名的，說見風使舵、牆頭草，他才是真正名副其實。

他又看了一眼成宜、張橫，見他們在戰場不停地大喊大叫，手舞足蹈的，像極了在指揮部下奮力拼殺。

他將心一橫，翻身上馬，罵道：「娘的！看來是真的反了，給我殺過去，殺掉成宜、張橫兩個反賊！」

侯選滿意了，急忙調轉馬頭，快速地奔回自己的陣營。

這時，楊秋、李諶、梁興一起策馬到來，想看看後面發生了什麼事，見到侯選後，便齊聲道：「發生了什麼事？」

侯選道：「成宜、張橫造反，我這就和馬玩一起去殺敵，你們穩住前面的陣腳，千萬不能讓燕軍看出端倪來！」

「我們一起去！」楊秋、李諶、梁興臉上都露出興奮的表情，彷彿看到什麼寶貝的東西一樣。

「不許去！你們的兵馬都在前面，怎麼可以就此離開？萬一燕軍看出了門道，突然發動襲擊，將置太子殿下於何地？斬殺成宜、張橫，我一人即可！」侯選的臉變得極其陰沉，給人的姿態好像是：誰敢去，我先殺了誰一樣。

楊秋、李諶、梁興一向以侯選馬首是瞻，見侯選如此模樣，便知道侯選鐵定是不會讓自己去了，面面相覷一番後，拱手道：「願將軍馬到成功。」

侯選輕聲地「嗯」了一聲，調轉馬頭，對身後的士兵大聲喊道：「跟我走，殺造反的惡賊！」

於是，馬玩在前，侯選在後，也立刻加入混戰的戰圈，一連串的連鎖反應，使得秦軍的後方亂上加亂，如此大的動靜，想讓人不知道都不行。

這時，從燕軍的側面傳來一陣悠揚的號角聲，高飛聽到這個聲音後，抽出拴在馬鞍下的遊龍槍，高高地將其舉了起來，大聲喊道：

「將士們！破賊就在今日，衝啊！」

一聲令下，重步兵迅速地讓開道路，陣營裡的騎兵跟隨著高飛而去，黃忠、太史慈、龐德、盧橫緊隨其後，一時間，燕軍看似七萬人的大營裡，兩萬名騎兵全部衝了過去，只留下五千重步兵、五千名重騎兵，就連那五千名弓箭手也跟隨著騎兵衝了出去。

荀攸和郭嘉負責指揮剩下的重騎兵、重步兵，因為不適合衝鋒，行動緩慢，所以他們兩個人分別行動，荀攸帶領著重步兵向左迂迴，郭嘉帶領著重騎兵向右迂迴，而所有士兵都離開後，戰場上剩下的是一地穿著燕軍服裝的稻草人。

號角聲仍在響著，悠揚而深遠。

不多時，從四面八方出現大批的燕軍騎兵，正南方是趙雲、正北方是張遼，文聘、蹋頓、烏力登分別帶領著烏桓籍的突騎兵從三個不同的方向殺了出來，和其他燕軍一起合圍了過去。

馬超早就感覺到後軍的混亂，只是，他連頭都沒有回一下，一心注視著前方燕軍的舉動，看到燕軍發動了總攻，登時變得興奮不已，下令道：

「王雙、索緒，程銀，全部殺出去，並且通知成宜、張橫、張繡，從後面迂迴包抄……」

「太子殿下，後軍大亂，成宜、張橫造反，張繡抵擋廝殺，馬玩、侯選正在奮力絞賊！」楊秋奔馳過來，將後軍的情況立刻稟告給馬超，臉上還帶著一絲暗喜。

「什麼？」馬超聽後，第一個反應是吃驚，不滿地道：「把馬玩、侯選給我叫回來，他們去瞎湊什麼熱鬧？成宜、張橫和張繡不過是在做戲而已。」

楊秋聽了，一臉窘迫，答道：「太子殿下，不是在做戲，是真的在廝殺，已經死了很多人了，張繡將軍也受傷了，正準備搬動那五萬伏兵，對成宜、張橫予以殲滅！」

「賊你娘！怎麼可能？」

馬超不敢相信地回頭看了看，見後面人山人海的，根本看不清後軍的情況，他急忙站到馬背上，登高眺望，果然看見成宜、張橫的部下在廝殺，地上的死屍已經堆成了一座小山了。

「賊你娘！成宜、張横真的反了？這兩個吃裡扒外的傢伙！」馬超氣憤地說道。

「太子殿下，燕軍正全面衝鋒過來，我們現在該如何是好？」王雙看到燕軍越來越近，急忙問道。

看到混亂不堪的後軍，以及全面衝鋒的燕軍，馬超此刻心裡的落差一下子拉的很大，**他不明白，為什麼自己的努力會在這樣最為關鍵的時刻變成這樣子**。

「太子殿下，請快下命令吧！」

王雙見燕軍越逼越近，急得額頭上汗珠直冒，同時握著手中的大刀，顯得有點不耐煩。

「殺出去！燕軍不過七萬人，就算成宜、張横真的反了，我軍也不過少兩萬人而已，我們一共投入了十五萬兵力，五萬步騎正在我軍背後藏匿著，張繡向西不斷的退走，定然是去搬救兵了，殺出去，全軍迎戰燕軍！」馬超大聲說道。

「太子殿下，不可如此草率的迎戰，燕軍早有準備，從四面八方殺來，我軍後軍大亂，軍心不穩，如果倉促應戰，只會……」

索緒沒有說出禁忌的話，話鋒一轉，道：「太子殿下，攘外必先安內，應該先誅殺成宜、張橫二人，再和燕軍約期決一死戰，我軍優勢仍在，不必鋌而走險！」

「是啊太子殿下，臣等皆贊成索將軍的意見。」楊秋表態道。

「太子，快下命令撤退吧，現在燕軍銳氣正盛，我軍不宜和其硬碰硬，而且燕軍從三面包抄過來，漫山遍野的，士兵們分不清到底來了多少，早已經產生了恐懼感，加上後軍大亂，絕對不可以草率應戰。太子殿下，臣懇請撤軍，約期再戰！」索緒見馬超猶豫不決，急忙勸道。

馬超看著高飛越來越近，身後的騎兵如同虎狼一般衝了過來，左右兩翼的燕軍騎兵也從滾滾的煙塵中奔馳而出，真的給人一種錯覺，像是燕軍的騎兵源源不斷地衝來了。

昨夜，有斥候來報，說燕軍第一批援軍已經抵達了卷縣，至於來了多少，卻沒有說，他不相信高飛敢用七萬步騎對付他的十幾萬大軍，他寧願認為這是因為燕軍援兵到來的緣故。

糾結了半天，馬超最終狠下心，調轉馬頭，大聲呵斥道：「全軍撤退！」

命令一下，索緒、王雙、楊秋等人迅速調轉馬頭，聲音接龍式的傳到後面，士兵們也都按照命令行事。

高飛正在向前衝，他座下戰馬雖然快，但是也不敢衝得太快，萬一衝得太猛，就陷入孤軍作戰，那他面對的第一個敵人就是馬超。

「主公，馬超要跑了！」

黃忠緊貼在高飛的身邊，看到馬超等人調轉馬頭，立刻叫道。

高飛道：「他跑不了！子義，換馬，你去截住他！」

「換馬？」太史慈臉上一驚，看著高飛道：「現在？」

「現在！」

說著，高飛放慢烏雲踏雪的速度，和太史慈保持並肩而行，然後站在馬背上，對太史慈說道：「子義，快站起來，我們兩個換馬。」

太史慈見狀，立刻明白過來，也站在馬背上，然後和高飛的雙手緊扣在一起，雙臂用力將高飛給舉起來，然後讓高飛落在自己的馬背上，他則縱身一躍，直接騎在高飛的烏雲踏雪上，之後和高飛交換了兵器，整個動作一氣呵成。

「子義，看你的了！」高飛笑道。

太史慈點點頭，緊握著手中的風火鉤天戟，雙腿用力一夾座下的烏雲踏雪，立刻飛馳出去，如同颶風一般。

黃忠看後，雖然座下戰馬沒有太史慈的快，但是他卻很不服氣地對高飛說道：「主公太過偏心，莫不是欺負我年邁體衰不成？」

天地良心啊！高飛可沒有這樣想過，他深知太史慈的武藝，戟法毫無章法，自成一體，就像是隋唐時的程咬金一樣，但是一旦舞動起來，卻別有一番風味，絕對不是三斧頭半那麼簡單。

他苦笑道：「黃將軍，我沒有這個意思，我只是隨口叫的。」

「那主公怎麼隨口不叫我？分明是嫌棄我年邁體衰！」黃忠鑽進了牛角尖，臉上突然變得十分剛毅，負氣道：「主公且看我破敵，絕對不能輸給太史慈這個小娃娃！」

說完，黃忠「駕」的一聲大喝，座下戰馬像是感受到他那股不服輸的個性一樣，又或是受到了剛才烏雲踏雪的刺激，竟然也賣力地奔跑起來，雖然沒有烏雲踏雪那麼快，但已經超乎其他馬匹的速度，緊緊地跟著太史慈的後面向前衝殺。

高飛搖搖頭，看了一眼身後的龐德、盧橫，立刻吩咐道：「你二人各帶兩千騎兵，從左右迂迴，遇到敵人不要糾纏，儘量繞到敵人背後去，攔截敵人的歸路，並且將滇吾等真心投降的將士給救出來。」

龐德、盧橫道：「諾！」

西涼兵正在向後退，可是混戰的後軍擋住了撤退的道路，而負責攻擊兩翼的趙雲、甘寧、張遼、文聘、烏力登、蹋頓等人各自帶著自己的部將，已經衝到了西涼兵的弓箭射程範圍內。

西涼兵紛紛拉開弓箭，朝著燕軍不停的射擊，可是達到的效果卻不怎麼好，要麼不是被兵器撥落，要麼就是被躲閃了過去，又或是到了強弩之末。

近了……

又近了……

西涼兵的左翼，突然遭受到趙雲帶領的騎兵巨大的衝擊，立刻人仰馬翻，混戰在一起。

「轟！」又是一聲巨響，西涼兵的右翼被甘寧帶領的騎兵衝毀了防線。

緊接著，又是一連串的「轟」音，張遼、文聘、烏力登、蹋頓帶領的騎兵也從其他不同四個方向衝撞上了西涼兵。

一時間，西涼兵就像是被六枚深水炸彈擊中一樣，一下子炸開了鍋，周邊立刻展現出六個缺口，西涼兵想盡力的反抗，可是卻被燕軍的將士們死死的壓制住，更何況趙雲、甘寧等人打頭，衝進敵人的陣裡就像是一頭饑餓的猛虎從深山裡走了出來，勇不可擋。

太史慈追逐著馬超去了，所過之處凡是敢擋住的人都被他殺了。目標只有一個，那就是馬超。

黃忠見太史慈在前面出盡了風頭，心想自己再這樣跟著他，也不會有什麼功勞，便改變了路線，朝著一邊殺了出去，揮舞著手中的大刀，追上一個西涼騎兵便是一刀劈了出去，手起刀落，乾脆俐落，一顆人頭便落在了地上，滾到一邊。

「馬超，哪裡走！」

太史慈的座下馬就是快，他緊追馬超不捨。

馬超的汗血寶馬比烏雲踏雪馬還有耐力，是產自大宛的汗血寶馬，而這高貴的血統，也讓馬超座下的戰馬鄙視一下高飛的戰馬。馬超回頭看了眼衝過來的太史慈，他根本不予以理會，反而加快了自己座下戰馬的速度，大聲向前面擋路的士兵喝道：「不想死的都讓開！」

太史慈見馬超根本不理睬自己，惱羞成怒，也加快了追擊的速度，風火鉤天戟在前面殺開了一條血路，缺失的口子還沒有來得及補上，便被高飛帶領的騎兵給衝得更開了。

王雙緊握手中大刀，看到太史慈一馬當先的殺進人群裡，所過之處就像是無人之地，不禁誇讚道：「此人武藝真是非常的高超……太子殿下，這條狗咬得太緊了，請太子殿下速速離開，追兵我自當之。」

馬超擔心王雙戰歿，本來他的軍隊裡就很缺將領和謀士，王雙可是他一手提拔起來的，萬一王雙陣亡了，他將會又失去一員虎將，於是急忙制止道：「且慢，你隨我一起走，留下你的部下守禦敵人。」

王雙想反駁，但是馬超卻陰沉著臉，厲聲說道：「這是命令！」

「諾！」

王雙不敢違抗，只得遵從，留下百餘名善戰的部下，去堵住太史慈。

太史慈眼看就要追上馬超了，卻忽然被一百多騎兵給包圍了起來，他沉著應戰，這些人根本不是對手。

另一邊，黃忠如同一頭猛虎，竄進了敵人的軍隊裡，舞動的大刀便開始像砍瓜切菜一般收割著首級。

「殺啊！」

高飛咆哮著，舉著手中的地火玄盧槍大聲地喊叫著，同時他也衝進了西涼兵留下來負責殿後的士兵那裡，槍挑一條線，殺著那些頑強抵抗的人。

西涼兵的後方大亂，成宜、張橫兩個人算是驚呆了，看到滇吾帶著人假戲真做，就知道自己上當了。

「成兄，到底該如何是好，這兩萬人怎麼都倒戈相向啊？」張横問道。

「殺了滇吾，將功折罪！」成宜綽起了手中長槍，擺出一副視死如歸的樣子。

「好，去殺滇吾。」

兩人計議已定，便一起策馬朝滇吾的身邊跑了過去，二話不說，舉起手中的兵器便朝滇吾的頭顱上劈了下去。

然而，不等兩人的刀落下，不知道從哪裡衝出來的騎兵，手起刀落間，兩人登時身首異處，連給兩人感到痛的時間都沒有。

成宜、張横的人頭滾落到地上，兩人脖頸噴湧而出的鮮血濺了滇吾一身，濃稠的血液，刺鼻的血腥味，讓滇吾不禁回頭看了一眼。

他認出來，那兩具無頭的屍體所穿的衣服正是成宜、張横的，而兩員燕將正握著手中的彎刀，在和馬玩的部下廝殺搏鬥。

「你們是？」滇吾並不認識他們，加上兩個燕將的裝扮也不是漢人，便問道。

「我叫蹋頓，這位是烏力登，趙將軍吩咐我們來救你，現在，請快點跟我們走，秦軍全部撤退，一會兒就要大兵壓境了。」蹋頓一邊揮舞著手中的彎刀，一邊答道。

「趙將軍居然還記得我……」

滇吾感動得稀裡嘩啦的，從一開始，他帶著那些騎兵進展的還很順利，但是當馬玩、侯選的兩支軍馬加入戰圈後，劣勢完全顯現了出來，他和成宜、張橫部下的兩萬騎兵一起被包圍在坎心，怎麼都衝不出去。

「趙將軍一直在記掛著你，主公也是如此，請滇吾將軍快點帶領餘部退出戰場，剩下的，就交給我們燕軍來做吧。」烏力登道。

烏力登的彎刀舞動的異常快速，他和蹋頓一樣，天生就是馬背上的民族，正因為如此，上天賦予了他們高人一等的勇力以及高超的騎術，兩人帶著騎兵衝撞上了西涼兵，在和趙雲相會時，趙雲給了他們兩個命令，兩人便帶著人殺奔了過來，比正在迂迴的龐德、盧橫要快上許多。

滇吾環視一圈，見原來的兩萬騎兵已經蕩然無存，在侯選帶領的精銳騎兵的摧殘以及馬玩帶領的騎兵趁火打劫下，已經有五千多人陣亡了，剩餘的也經受不住侯選的攻擊，直接倒戈相向了，剩下的騎兵，只有和滇吾一起斷指的那幾千人而已，九千多斷指的騎兵，也只剩下四五千騎而已。

「殺！把這些反賊都給我統統殺掉！」

背後傳來了張繡的吶喊聲，他的肩膀上纏著被鮮血染紅的繃帶，手中提著一柄長劍，正在指揮著身後的士兵。

張繡去而復返，一下子帶來五萬步騎兵，騎兵在前，步兵在後，如同江水滾滾而來，給人一種絕對震撼的氣勢。

在張繡的身後，張衛、楊昂、楊柏、楊任、李樂、胡才、韓暹等原本隸屬於楊奉部下的將領，都一股腦地出現在張繡的身邊，被張繡收編後，又全部冠以將軍稱號，加上張繡對其信任，使得這些人對張繡頗為忠心。

五萬新出現的步騎兵，像一股生力軍一樣，直接衝了過來。

張繡怒視著將他砍傷的滇吾，恨不得把滇吾生吃活扒了，他帶領的雖然是一群戰鬥力比較低下的人，但是從氣勢上還是可以鎮住對方的。

滇吾看到張繡去而復返又來了不少兵馬，便回過頭對烏力登、蹋頓說道：「敵軍勢大，此地不宜久留，二位將軍請隨我一起殺出去！」

烏力登、蹋頓本來是救滇吾來的，此時聽到滇吾的話，感覺好像是滇吾在救他們。雖然聽起來有點彆扭，但是三個人還是將兵力迅速的凝聚在一起，形成了一股很大的隊伍，三個人在前面奮勇廝殺，士兵在後面奔馳，集中一點突破，很快便衝到了邊緣。

侯選見狀，大聲喊道：「追上去，休要走了叛賊！」

說完，侯選手持長矛，策馬狂追，帶著部下緊緊地咬住了滇吾、烏力登、蹋頓的尾巴。

蹋頓回頭看了眼侯選，見侯選拼殺的十分勇猛，冷哼一聲，對滇吾、烏力登道：「你們先走，我去把那條咬人的狗給殺了。」

滇吾勸道：「不要去，你不是侯選的對手，侯選武藝高強，在秦軍中是出了名的。」

蹋頓聽後，怒道：「你們害怕他，我不怕，烏力登，你帶滇吾走，我擋住追兵。」

烏力登知道蹋頓的武力，加上烏桓人從不服輸的精神，什麼都沒有說，點點頭對滇吾道：「我們衝出去，主公已經發動全面進攻了，我們要配合主公對秦軍進行合圍！」

「快走！」蹋頓揮舞著彎刀，勒住馬匹，大聲喝道。

滇吾見蹋頓執意如此，輕嘆了口氣，和烏力登一起，繼續向外衝殺。

蹋頓抖擻了下精神，見滇吾、烏力登已經衝出了包圍，緊握著手中的彎刀，怒視著侯選，「駕」的一聲大喝，直接衝了過去。

侯選正在屠殺著滇吾的部下，忽然見對面一個人氣勢洶洶的殺了過來，看那打扮，不像是中原人，想起高飛的軍隊裡有一些烏桓人，冷笑道：「不自量力！看我取你首級！」

蹋頓衝到一半，不得不暫時停下來，他現在就如逆流而上的小船，面對不斷向外衝出的騎兵，他根本無法前進，只得等在那裡，盯著侯選，期待與其一戰。

不多時，侯選追了過來，見蹋頓站立在不遠處，「哇呀」一聲大叫，舉著手中的長矛便衝了過去。

他看到蹋頓穿著一身鎧甲，是個將軍，正好他沒有殺過一員將軍，便決心要殺死蹋頓，來炫耀自己的功勞。

蹋頓見侯選來了，雙腿用力一夾馬肚，縱馬而出，迎著侯選便殺了過去。兩人相向而行，都誓要斬殺對方才肯甘休，一個照面衝了過去，兵器的碰撞聲登時發出很大的響聲。

「錚！」蹋頓握著刀的手被巨大的力氣震得有些發麻，心中不禁暗想道：「此人好大的力氣！」

「回馬槍！」

正在蹋頓以為他和侯選就此擦身而過，而他也開始準備第二回合的戰鬥時，突然聽到背後傳來一聲巨響。

他心中一驚，急忙回頭望去，但見侯選不在馬背上，居然從馬背上跳了起來，凌空向他飛來，手中舉著鋒利的長矛直指他的喉頭。

他驚慌之下，想要躲閃。一道寒光閃過，一道殷紅濺出，凌空飛起的侯選見蹋頓想躲閃，手中的長矛脫手而出，長矛的矛頭飛快地刺進蹋頓的喉頭，連一點機會都沒有給蹋頓留下，同時伸出腳，將蹋頓踹了下去，接著身體順勢落到蹋頓的馬背上，整個動作一氣呵成，毫無任何破綻。

「蹋頓！」烏力登無意間的回頭望了一眼，見蹋頓和侯選交馬只一個半回合便被侯選殺死，感到十分的震驚。

滇吾嘆氣道：「我提醒過他的……」

烏力登有報仇的欲望，可是他知道，不是現在。

他環視整個戰場，看見燕軍已經全部和西涼兵混戰在一起，而正在進行迂迴的龐德、盧橫也完成了外圍包抄，在龐德、盧橫身後則是荀攸、郭嘉帶領的重騎兵和重步兵，不知不覺中，已經形成對西涼兵側後的封鎖，正在擺開架勢，準備步步為營，向前移動。

龐德、盧橫見烏力登救出了滇吾等人，並且和張遼的兵馬合在一處，便按照原計劃，分別抵達荀攸、郭嘉的陣營，龐德將輕騎兵交付荀攸，自己迅速披上一套早已準備好的重裝鎧甲，從頭到腳都武裝起來，然後帶著重步兵向前移動。

盧橫則指揮重騎兵，讓郭嘉帶領他帶來的兩千輕騎兵跟在後面用箭矢招呼敵人，他將重騎兵一字排開，組成了連鎖的戰馬，分成兩排進攻。

張繡帶著人衝了進來，卻看到馬超、王雙、索緒等人正在後撤，兩邊一經照面，頓時變得擁擠不堪，這才發現十幾萬大軍竟然被燕軍給包圍了起來。

「張繡！我明明下令撤軍了，你為什麼還要帶人過來？」

馬超被堵在中間，本來暢通的道路，都被張繡帶來的步騎兵給堵住了，心中好不惱火。

「我……太子殿下，成宜、張橫一反，我的部下措手不及，我也受傷了，怕堵不住成宜、張橫，這才去將埋伏的五萬步騎給帶了過來……我根本沒有聽見撤退的命令……」張繡委屈地說道。

索緒道：「太子，事已至此，只有奮力衝殺了，燕軍的人數並不多，雖然我們損失了很多兵馬，但是實力猶在，只要太子振臂一呼，率領大家衝出的希望還是很大的。試問，**天下有誰能抵擋得住我們西涼騎兵?!**」

「我打頭陣！」王雙自告奮勇地道。

「不！讓楊秋、梁興、程銀、李諶、馬玩、侯選六人打頭陣！」

馬超存著極大的私心，想想自己的嫡系部隊並不多，在幽靈騎兵幾乎全軍覆沒之後，他就決定用這些人的兵馬來戰鬥，因為成宜、張橫的反叛，讓他看到了危險所在，如果這六人一起反了，他肯定招架不住。

索緒明白馬超的意思，當即點點頭道：「如此最好，是削弱他們力量的時候，王將軍，給各位將軍傳令吧！」

「嗚嚕……嗚嚕嚕……」

嗚咽的號角聲吹響了，戰場的秦軍將士聽後，都心中一怔。

號角那低沉又悠揚的聲音，從秦軍的最中心發出，向四面八方傳開，音波傳到每一個秦軍將士的耳朵裡，所有人開始緩緩地向中間靠攏。

號角聲響起後，混戰暫時停止，秦軍和燕軍拉開了距離，秦軍十幾萬人龜縮在一起，地上的死屍早已被踐踏得血肉模糊，整個戰場充斥著刺鼻的血腥味，如果不是雙方的士兵都已經習慣這種味道，肯定會有許多人一起嘔吐。

剛才短暫的混戰，秦軍損失了差不多一兩萬人，這無疑是一個巨大的數字，交戰還不到半個時辰。相對於秦軍的高傷亡，燕軍倒是顯得很低調，因為計策的成功，以及內外的夾擊，使得燕軍士氣空前的高漲，傷亡只有幾千人而已。

如今，秦軍龜縮成一個圓形，三面騎兵一面步兵，馬超、張繡、索緒、王雙在中間，侯選、馬玩、程銀、楊秋、梁興、李諶在外圍，仇視著包圍他們的燕軍。

戰場遠處，有一個高崗，高崗的土堆後面，藏著一堆騎兵，他們把馬匹藏在後面，人卻趴在那裡觀看整個戰場的局勢，見到燕軍和秦軍形成對峙，三個人便緩緩地從高崗上退了下來。

「大哥，戰勢看得我心血澎湃，難道我們就按兵不動嗎？那我們來這裡的目的到底是什麼？又有什麼用？」

黑臉漢子豹頭環眼，正是張飛，他雙手的拳頭緊緊地握住，在地上砸出了一個大坑。

「秦軍和燕軍之間剛剛形成對峙，然而燕軍用少量的兵力將秦軍十幾萬包圍了起來，單從這一點上來說，秦軍已經處於劣勢了。本來，我以為這場戰爭會是秦軍勝利的，看來，我是猜錯了。」站在張飛身邊的是個面如冠玉的大耳朵，不是劉備還能是誰，緩緩地說道。

「大哥，馬超雖然勇猛，西涼兵也驍勇善戰，但是這些都是匹夫之勇。高飛帳下人才濟濟，對付西涼兵綽綽有餘，如今西涼兵的兵力都集中在戰場上了，那麼他們的營寨必然空虛，某以為，**當襲擊秦軍營寨，掠奪其糧草**，也不枉我們來官渡走一遭！」紅臉長髯的關羽拱手說道。

「是啊，大哥，二哥說的很對，讓秦軍和燕軍在這裡打，咱們去偷襲秦軍大營，將秦軍的東西都搶過來，馬騰都當皇帝了，大營裡肯定有不少寶貝，說不定還能讓俺弄來一匹好馬呢。」

張飛一直趴在這裡，當他目睹高飛和太史慈交換馬匹的時候，心中那叫一個糾結，對那匹烏雲踏雪一直念念不忘。

「好，就這樣辦，偷襲完秦軍大營，將物資運出去後，一把火將秦軍大營燒了，我們就回荊州，**這場戰爭不是屬於我們的，別忘記了，還有一頭惡狼在高飛和馬超的身後等待著呢，坐山觀虎鬥的並不光我們而已。**」

劉備說話時，目光一直朝著東邊的另外一處高崗上看去，嘴角也隱約露出了一絲笑容。

「曹孟德嗎？」張飛問道。

「除了曹孟德，還能有誰？三弟，你看那邊！」關羽抬起手，指著劉備望去的方向說道。

張飛看了一眼，除了一座小土山，什麼都看不見，問道：「看什麼？」

「看曹孟德！」劉備不冷不熱地道。

「曹孟德？他在那邊的土山上？太好了，俺去把他抓來，交給大哥發落，這個曹孟德當年居然想殺我們，這次好不容易逮到機會了，俺一定要親手將他抓來。」張飛憤恨地說道。

關羽見張飛直接走到一匹馬的旁邊，見他翻身上馬，便一個箭步竄了過去，一把拉住張飛的手腕，吼道：「三弟不可魯莽，曹操既然敢來，身邊必有人保護，他帳下的典韋、許褚都不是等閒角色，就算你去了，還沒看見曹操，他們早就跑了。」

「難道就這樣放過他們嗎？」張飛不服氣地說道。

「跑不掉的，**就讓高飛替我們收拾他**，我們先偷襲秦軍大營，然後回荊州做好準備，等高飛和曹孟德之間的戰爭爆發了，我們就可以繼續漁人得利了。」劉備打起了心中的小算盤，臉上露出喜色。

「我們走，該出兵打一場勝仗了。」劉備跳上了馬背，對關羽、張飛和其他親兵說道。

「諾！」

這邊劉備剛走，那邊的高崗上，曹操、徐庶、劉曄、典韋、許褚、夏侯惇、夏侯淵、曹仁、曹洪、曹純、曹休、李典、樂進、于禁、李通等人還在津津有味地看著遠處的官渡戰場。

「大王，看來秦軍已經不能和前些天相提並論了，鋒芒還沒展現出來，就已經被燕軍壓制住了。」徐庶看後，對曹孟德說道。

曹孟德點點頭道：「看來高飛早已策反了成宜、張橫，如果不是這兩個人陣前倒戈的話，秦軍不會變得如此被動。或許被圍的就是高飛了，本王倒是很期待那一天，可惜秦軍太不給力了。」

「馬超大勢已去，雖然不至於全軍覆沒，但是這次慘敗之後，恐怕再也無法集結這麼龐大的兵力來爭奪中原了。」劉曄分析道。

「子揚先生見識卓越，卻不知道你對燕軍的鐵浮屠和重步兵怎麼看？」曹孟德一雙炙熱的眼睛緊緊地盯著劉曄。

「重步兵倒是不少見，但是能見到武裝到牙齒的重步兵，實在是第一次，就連燕軍的鐵浮屠我也是第一次見到，單從外形上來看，完全可以讓士兵產生臨戰而畏的作用，士兵的心理防線一被攻破，戰鬥力就會變得很低下。可鐵浮屠到底威力如何，又有何作戰方式，我還需再觀察一段時間才行。」劉曄保守的道。

曹孟德笑道：「子揚先生一向聰慧過人，必然能夠想出對付鐵浮屠的辦法。我這次帶領眾位來這裡偷窺，也是想讓眾位瞭解一下燕軍的實力，尤其是鐵浮屠和重步兵，這兩個兵種是我們魏國想有卻無法擁有的，造價實在太高了。燕軍的鐵浮屠在河北戰場上曾經有過輝煌的戰績，可以說，袁紹的敗亡，跟鐵浮屠的出現有著間接的關係。所以，要對付燕軍，首先要將他的優勢兵種給破了，這樣就容易對付了。」

「大王，咱的虎豹騎也不差啊，也可以披上重鎧啊，也能像燕軍一樣，組建一支鐵浮屠出來，到時候和燕軍拼上一拼。」

曹純聽到曹孟德讚揚鐵浮屠，心中極為不服氣，作為虎豹騎的第一大將，他豈能容忍別人說自己的兵不如別人？

「如果真是那樣的話，我們很可能會輸得更慘。我曹孟德何許人也？怎麼可以跟著別人的屁股後面呢？高飛能組建起來鐵浮屠，我就能想出對付鐵浮屠的辦法，**如果一味的模仿著別人，那麼我們永遠都是弱者。真正的強者，就是當你站在一個比你強大百倍的敵人面前而不膽怯，並且敢勇於挑戰。**我曹孟德，就是這樣的人！」曹孟德慷慨激昂地說道。

眾人聽後，心情皆是澎湃不已。

「妙才，你好好的看著，等我們回去之後，你就可以派上用場了，先熟悉一下燕軍各個兵種間的配合，以及燕軍的作戰方式和武器裝備。」曹孟德扭頭對夏侯淵說道。

夏侯淵點點頭道：「大王，我都看在眼裡，也已經記下了，就看接下來燕軍和秦軍該怎麼打了。」

曹孟德哈哈地笑道：「今夜，到底誰才是真正的強者，這中原的霸主，請拭目以待吧。」

這時，典韋的臉色突然變得極為陰沉，他猛地轉過身子，向後面的荒草叢裡看了過去，看到有一處草叢顫巍巍地晃動，二話不說，立時拔出背後插著的雙鐵戟，用力投擲出去。

「哇……」

一聲慘叫從荒草叢裡傳了出來。

李典、樂進、于禁、李通大驚，急忙跑過去，發現荒草叢裡躺著一個燕軍的斥候，心窩正插著典韋的大鐵戟，一動不動。

李典朝曹孟德道：「沒氣了，是燕軍的斥候。」

典韋拱手對曹孟德道：「大王，我們已經被燕軍斥候發現了，請速速回營吧。」

其餘人也一起拱手道：「請大王速回營寨。」

此時，官渡戰場上同時傳來兩種截然不同的號角聲，緊接著便是久違的喊殺聲，萬馬奔騰，大地顫抖，燕軍和秦軍同時發動了攻擊，正在進行著最後的血拼。

曹孟德緊緊地盯著戰場，笑著說道：「好戲剛剛開始，為什麼要回去？有你們在我身邊保護著，就算燕軍斥候全部來了，也不是你們的對手，不用擔心，安心在這裡觀看吧，沒人能把我們怎麼樣。」

眾人覺得也有道理，燕軍的兵力全部投到了戰場上，一些斥候發現了又怎麼樣，又怎麼是他們這些人的對手？

於是，眾人趴在那裡繼續偷窺……

「衝！給我衝出去，殺出一條血路！」馬超騎在汗血寶馬的背上，站在十幾萬大軍的最中間，大聲地吼叫著。

四周喊殺聲大起，秦軍將士一個接一個的向外衝，雖然等待他們的只是死路一條，卻仍然前仆後繼。

燕軍奮力拼殺，各個將軍帶領著部下死活將秦軍困在包圍圈裡，偶爾被衝破了一個小口，旋即便堵上，將衝出來的人再殺回去。

太史慈、黃忠、趙雲、張遼、甘寧、文聘等人都殺進了秦軍的陣營裡，六個人帶領的騎兵像是六柄鋒利的利劍，將秦軍硬生生的撕裂開來。

他們手中的兵器不停的揮舞著，所過之處不是人頭落地，就是屍體墜馬，鮮血染滿了他們身上的每一寸肌膚。

外圍，燕軍的弓箭手在高飛的指揮下拼命地朝秦軍的陣營裡射擊，而烏力登、滇吾率領的騎兵則堵住了秦軍突圍的道路，在最西面，龐德帶領的重步兵和盧橫帶領的重騎兵正在一步步的向前逼近。

雖然行動緩慢，但是卻牢牢地堵住了與他們正面接觸的秦軍步兵，這些步兵裡有楊奉的部下，有張繡的部下，還有漢中張魯投降過來的米賊，臨時糾結起來的四萬步兵面對燕軍這股鋼鐵洪流，只有不斷向後撤退的份。

龐德舉著特製的超長長槍，和重步兵配合在一起，遠處以長槍刺殺，近處自有刀盾兵以鋼刀拼殺，步步為營，前面死屍一片，所過之處，盡皆將屍體踐踏得不成樣子。

荀攸、郭嘉兩個人也沒閒著，他們沒有和秦軍展開近戰，只是帶著騎兵在外圍用弓箭進行著射擊，後來覺得弓箭射速太慢了，便將隨身攜帶的連弩給取了出來，對於這種相對短的距離來說，用連弩還是最為划算的。

第五章

脫身之術

索緒道：「敵軍真正認識太子殿下的又有幾人？太子殿下可找一個身材差不多的人，交換衣服，然後由臣帶著那人向一個方向猛衝，吸引敵人兵力。請太子殿下快快尋找替身，臣自有脫身之術，太子殿下不必擔心。」

戰鬥一開始，秦軍便落了下風，馬超雖然不斷發著吼聲，卻被高昂的喊殺聲給蓋住了，沒人能聽見他說什麼。

「賊你娘！」馬超出身在右扶風，總是喜歡說著當地的方言，也就是現在的陝西話。

他看到自己的部下那麼多人還衝不出去，急得他心急火燎，後面是太史慈、黃忠；左邊是趙雲、文聘；右邊是張遼、甘寧；前面是龐德、盧橫，尚有荀攸、郭嘉、烏力登、滇吾、高飛等人各自帶著散兵游離在包圍圈的四周，用箭矢拼命的射擊，不僅僅是包圍圈邊緣受到了打擊，就連稍微靠中間一點的士兵，也在燕軍箭雨的打擊之下。

「投槍！」馬超再也忍不住了，看到不是嫡系的部隊根本不堪一擊，他振奮了一下精神，大聲地喊道。

「刷！」馬超一聲令下，緊隨在他周圍的幽靈騎兵最先拿出了背後的小梭槍，站在那裡等候著馬超進一步的命令。

「太子殿下難道想親自率軍突圍？」索緒急忙問道。

「有何不可？」馬超橫眉怒對，不厭煩地道。

「只是這衝鋒陷陣本是我等諸將的事情，太子殿下身分尊貴，豈能如此以身犯險？縱觀四面八方，燕軍所領兵的將軍都各個如同虎狼，萬一太子殿下出了什麼意外，我們如何向陛下交代？如何向關中百姓交代？」索緒勸道：「太子殿下，末將有一計，可讓太子殿下衝出重圍！」

「你有何計，快快說來！」馬超道。

索緒道：「戰場上瞬息萬變，敵軍真正認識太子殿下的又有幾人？不過是憑藉著太子殿下的這身穿戴而已。臣以為，太子殿下可就地找一個和太子身材差不多的人，彼此交換上衣服，然後由臣帶著那個人向一個方向猛衝，吸引敵人兵力，那麼太子殿下就可以渾水摸魚，趁機在張繡、王雙的保護下逃脫，只要太子殿下能夠衝出重圍，其餘的士兵見了，必然會以太子殿下馬首是瞻，奮力拼殺而出。」

「那你豈不是很危險？」馬超覺得此計可行，卻有點擔心索緒，便道。

索緒道：「臣自有脫身之術，太子殿下不必擔心，請太子殿下快快尋找替身，和其互相更換衣物。」

「我來！」

就在這時，馬超的背後響起一個聲音，一個人揭掉黏在嘴唇上的鬍子，撕掉臉頰上的假傷疤，露出的模樣居然和馬超長得極為相似，身材、年齡也都很相似。

那個人翻身跳下馬背，然後脫去自己的頭盔、鎧甲、衣物、露出了白淨結實的胸膛，以及強勁有力的手臂。

論相貌，論身材，論氣質，這個突然出現的人都和馬超差不多，唯一不同的是，這個人的脖子上有一塊如同火雲一樣的胎記。

索緒、張繡、王雙等人看後，都不敢相信自己的眼睛，天底下怎麼可能會有那麼像的人？簡直可以達到以假亂真，而且，眾人從來沒見過這個人。

「丁次，你……」

「孟起大哥，趕快穿上我的衣服吧，我這幾年一直在你的身邊，你的音容相貌我都模仿的差不多了。高飛是個很精明的人，除了我之外，還有誰能夠肩負起這個重擔？」被喚作丁次的人將自己的衣服遞給馬超，笑道。

「可是你知道你在做什麼嗎？你如果真的這樣做了，很有可能……」

馬超看著站在他面前這個叫丁次的人，就像看到自己一樣，因為他們兩個長得太像了，有時候，連馬超都很懷疑丁次是不是自己的孿生兄弟。

他曾經問過馬騰，可是馬騰很明確的回答他，他沒有什麼孿生兄弟。

記得那年涼州下大雪，馬超的年紀還小，大概只有七八歲的樣子，大雪覆蓋住整個涼州，足足有半個人那麼深。

那天雪停風歇，馬超隨同父親馬騰一起進山打獵，無意間在一個山洞裡救下了被野獸攻擊的丁次，從見到丁次的那一刻，馬超就愣住了，彷彿看到自己一樣。

就連馬騰也感到很驚奇，像是看到另外一個馬超。

後來，馬騰詢問丁次，才知道丁次是山中獵戶的兒子，獵戶打獵的時候不慎掉落到了山崖摔死了，他就獨自一人穴居在山洞裡，靠著從當獵戶的父親那裡學來的一些驅獸的本領，在山洞外面布置了陷阱，或者用動物糞便掩蓋身上的氣息，餓了就出去打獵，渴了就喝山洞裡的泉水。

馬騰看他可憐，又和馬超極為像，就把丁次帶回家，當兒子一樣養著。

丁次十分感謝馬騰、馬超的救命之恩，認馬超為大哥，甘願讓馬超做自己的主人，自己給馬超當奴僕，平時都以醜陋的裝束示人，生怕自己惹的麻煩會給馬超帶來禍端，久而久之，他也就不再以真面目示人，事實上，除了馬騰、馬超以外，根本沒有其他人知道丁次的存在。

此次不得已露出面目，也全然是為了報答馬氏對他的救命之恩。

「孟起大哥……主人，丁次請求你快點離開此地，丁次的命是主人和老主人救的，報答主人的恩情是丁次應該做的。丁次之所以一直跟隨在主人的身邊，就是為了在關鍵時刻報答主人。如今，正是丁次報恩的時候，請主人務必成全丁次。」說著，丁次便跪在地上，朝著馬超叩頭。

索緒見狀，急忙道：「太子殿下，已經沒有時間了，快點換上衣服離開這裡吧。」

馬超不再遲疑，和丁次交換了衣服，還真別說，丁次穿上馬超的衣服後，顯得很有模有樣，活脫脫的又一個馬超。

索緒也感到非常的滿意，對馬超道：「太子殿下，為了以假亂真，希望太子殿下改乘普通馬匹，地火玄盧槍也可以交給丁次使用。」

馬超點點頭，把地火玄盧槍拋了過去，吩咐道：「丁次，這槍是你從西涼帶來的，你的槍法也不錯，盡情的使用吧！」

丁次將馬超的頭盔戴上之後，翻身上馬，舉起地火玄盧槍，橫眉怒對，大聲喊道：「索緒！」

索緒見丁次一上馬儼然成了真的馬超，若不是他知道丁次不是馬超，乍看之下，還真的會以為就是馬超呢，而且舉手投足間，丁次也將馬超的動作摹擬得惟妙惟肖。

「帶本王衝出重圍！」

丁次不僅僅是一個模仿者那麼簡單，多年來，在醜陋外表的遮掩下，**他的眼裡只有馬超一個人，早已將自己視作為馬超看待。**

「諾！請太子殿下跟我來！」

索緒見丁次表現的十分到位，那股盛氣凌人的霸氣，桀驁不馴的氣息，都讓他感覺到這個人就是馬超。

丁次扭過頭，對馬超說道：「主人，保重！」

馬超不知道要說什麼，擠了半天，終於擠出了一句話：「答應我，不要死！」

丁次笑了笑，將地火玄盧槍一舉，大聲喝道：「出發！」

「索緒！一定要保護好丁次，他若有個什麼閃失，我唯你是問！」

馬超對丁次的情感很難說清楚，**兩人既是主僕關係，又是兄弟關係**，每當夜深人靜的時候，丁次撕下面具時，他彷彿看到了另外一個版本的自己，那種感覺，是常人無法理解的。

索緒感到肩膀上擔子的沉重，但還是重重地點了點頭，道：「太子放心，就算索緒死了，也不會讓丁次死！」

馬超這才放下心來，目睹著丁次帶著索緒以及僅剩的一千多幽靈騎兵，浩浩蕩蕩地朝南殺了過去。

正南方，兵力相對薄弱，雖然趙雲、文聘已經快殺入秦軍的腹心地帶，但是秦軍終究還是人多，兩支軍隊這會兒像是強弩之末，進展十分的緩慢，而且越殺敵人越多，越殺帶來的人越少，漸漸的，優勢變成了劣勢，在不得已的情況下，只好暫時先退出去。

周邊，滇吾、烏力登帶領的都是成宜、張橫的部下，並不作為燕軍進行廝殺的主力。也正是基於這一點，索緒才選定了這裡作為突破點。

丁次一馬當先，索緒緊緊跟隨，對丁次道：「請以太子的口吻下達命令，現在，太子已經在張繡、王雙的保護下向西北方向突圍，我們必須拿出最強的勢頭，讓敵人誤以為我們是向正南突圍。擒賊先擒王，敵人必然會將兵力盡數投到這邊來。我說一句，你就跟著說一句，調動其他各部兵馬予以掩護。」

丁次外貌身形雖然和馬超極為相似，但他終究沒有馬超在戰場上的魄力和英氣，他的臂力也很驚人，但是和馬超比起來，就差了太多。地火玄盧槍重六十斤，他拿起來還好，但是要像馬超那樣將地火玄盧槍舞動的虎虎生風，是萬萬不能的。

他的槍法雖然也是馬超教的，但畢竟不能和馬超相提並論，所以種種的不利因素，也制約著他的發揮。

他聽完索緒的話，便點點頭，模仿著馬超說話的口氣和神態，說道：「索將軍，請發話吧。」

索緒看後，笑了笑，說道：「對，就是這種神態，太子和別人說話總是居高臨下，你模仿的十分到位，就連聲音也很接近。下面，請跟著我說。」

「嗯！」

「侯選、馬玩、楊秋、程銀，火速向正南方向突圍，梁興、李諶率領部下向東衝殺，膽敢有不力拼者，一律誅殺！」索緒先遍覽了一下戰場，這才做出了合理的部署。

丁次聽完之後，深深地吸了口氣，然後張開嘴大聲地叫了出來，那聲音、那氣勢、那神態都和馬超沒有什麼兩樣，加上他的樣貌和馬超相似，那些不知情的人都信以為真。

侯選、馬玩、楊秋、程銀四人聽到之後，出於對馬超的忌憚和自己求生的欲望，見丁次帶著索緒以及部下最為精銳的幽靈騎兵朝這邊趕了過來，他們都能看得出來，覺得馬超是要從這裡突圍了。

於是，四個人接到命令之後，便急忙做出了部署，各自帶著部下，像是打了雞血一樣，不要命的向正南方向衝。

就在此刻，戰場的形勢發生了逆轉，秦軍將士的士氣因為假扮馬超的丁次的出現，頓時變得高漲起來。

在所有羌胡人的心中，馬超就是他們的神威天將軍，有馬超的身影，就代表著神威，就代表著勇氣和勝利。於是，原本被圍住的秦軍士兵躁動起來了。

「都給我聽著，前方就是出路，只要你們不畏懼死亡就能衝出去，你們別忘記了，你們是彪悍的涼州人，他高飛也不過是隴西襄武的一個鄙人，沒有什麼好可怕的，用你們座下的鐵蹄，踏破敵人的肚皮，**讓我們殺出去，重新振作聲威，讓天下知道，我們涼州的騎兵才是天下第一騎！**」

丁次按照索緒的話，一邊策馬向前奔跑，一邊高聲吶喊道，確實喚回了不少重新振作的士兵，一路尾隨著幽靈騎兵的後面，越來越多。

「不好！馬超想衝出重圍！」

高飛站在遠處，正指揮著身後的步騎兵用箭矢進行射擊，忽然看到敵軍陣營裡一股騷動，打頭一個人的穿著讓他一眼便認出來是馬超，急忙叫了出來。

扭過頭，高飛急忙對身邊的號角手說道：「給各部傳令，優勢兵力全都集中到正南方，一定要擋住馬超逃跑的路線，其餘人暫時可以不用管。」

號角手立刻吹響了嗚咽的號角，用燕軍獨特的音訊向戰場上傳遞著消息。

在如此混亂的戰場上，什麼鑼鼓的，統統都不太實用，只有游牧民族的號角所發出的聲音攜帶方便，又與眾不同。號角聲可以穿透任何嘈雜的聲音，以他獨到的悠揚響起來，這就是為什麼燕軍使用號角而不用笨重的戰鼓的原因。

燕軍的號角聲響起了，穿透整個戰場，傳到每一個燕軍的耳朵裡，趙雲、文聘離要逃跑的馬超最近，他們是最有切身感受的，因為一直處於被動的侯選、馬玩、楊秋三部兵馬開始變得主動了，開始奮力的朝周邊衝殺。

他們兩個已經從敵人的腹心地帶退了出來，指揮著包圍著秦軍的周邊士兵，見侯選、馬玩、楊秋一起衝了過來，便帶領著士兵堵了上去。

張遼、甘寧在正北方向，聽到號角聲後，兩個人互相對視了一眼，竟然齊聲問道：「去嗎？」

兩個人相距並不算太遠，張遼長槍不停的抖動，身邊屍體成堆，甘寧舞動著烏金大環刀揮砍著，所過之處，頭顱亂飛。

兩個人幾乎是並肩作戰，猶如一把雙刃鐵矛，牢牢地扎在了秦軍的腹心，加上身後的士兵也都奮力作戰，加上他們所面臨的敵人是張繡的那些雜牌軍，是以勢如破竹，固若金湯。凡是來的人，只有死亡。

「太遠，如果我們要過去的話，這裡就會出現一個缺口，主公的將令只是讓多餘的兵力去支援，並沒有說全部支援，我們不如堅守此地，切莫放走了其他秦軍將領。」張遼分析道。

「文遠言之有理。」甘寧扭頭看了一眼守衛在外圍的王威，厲聲說道，「擺正姿態，堅守此地。」

王威點了點頭，說道：「諾！」

兩人正說話間，只見秦軍大將王雙舞著大刀一馬當先的衝了過來，張繡帶領著張衛、楊昂、楊柏等人從另外一邊衝了過來。

甘寧看後，對張遼說道：「文遠，還好有你在，如果我們稍有異動，這撥敵人就要跑走了！」

張遼笑道：「是甘將軍指揮若定，張繡、王雙乃是馬超爪牙，不能就此放過。」

甘寧點點頭，二話不說，想起了自己兄弟蘇飛來，憤怒大增，握著烏金大環刀「駕」的一聲大喝便衝了出去，同時對張遼說道：「從現在起，你指揮全軍！」

「甘將軍……」

張遼見甘寧孤身一人衝了過去，不禁有些擔心，可是好不容易拉起的包圍圈也不能就此破掉，他只能在心裡默默地為甘寧祈禱。

甘寧雙目緊緊地盯著王雙，快速地衝了過去，同時大聲喝道：「王雙，留下性命！」

王雙見一員燕將衝了過來，便問道：「來者何人？」

「虎烈將軍甘寧，取你狗命之人！」

馬超化身一名小將，就在王雙的身邊，見燕國五虎之一的甘寧奔馳了過來，料王雙不是對手，而且也很難糾纏，便當機立斷的小聲對王雙說道：

「不可交戰，朝西北方向走，燕軍鐵浮屠和其他士兵之間有個縫隙，兵力較弱，可以從那裡突圍出去。」

王雙「嗯」了一聲，冷笑了一聲，對身後的部下說道：「擋住甘寧！」

話音一落，立刻有百餘名騎兵自告奮勇的留下抵擋甘寧，而王雙則調轉了馬頭，朝西北方向衝了過去。

高飛誤以為丁次就是馬超，而且從遠處看，丁次就是馬超，他在最東邊，這一側的秦軍士兵相對較少，畢竟秦軍都會向西撤退，而不會向東前進，所以，基本上高飛帶領的部下都是在追擊，而不是在堅守。

他生怕馬超跑了，見其餘地方兵力吃緊，除了荀攸、郭嘉帶領的四千輕騎兵快速的支援了上去，其他的都在奮力血戰，他便帶著自己身後的步騎兵前去支援。

臨走前，還看了一眼在他正前方的太史慈、黃忠，兩個人如同兩頭饑餓的猛虎，帶領著騎兵正在猛衝猛打，原本秦軍結好的陣形被這兩個人摧毀的不成樣子。

這時，梁興、李諶兩個人不退反進，帶著眾多部下，突然將太史慈、黃忠兩個人給包圍了起來。

高飛見太史慈、黃忠兵少，梁興、李諶兵力太多，而且太史慈、黃忠又奮戰了多時，體力消耗的太多，萬一有什麼閃失，他就會失去兩員虎將。

於是，他放棄了去支援正南方的打算，調轉馬頭，對身後的一千名騎兵和五千名弓箭手喊道：「都跟我來！舉起你們的手中的長槍，將那些秦軍的騎兵全部刺穿！」

「諾！」

於是，高飛一馬當先，領著六千名拿著長槍的步騎兵赫然加入了戰圈。

索緒一直以一個指揮者姿態環視著整個戰場，他看到燕軍沒有太多兵力過來，而且梁興、李諶的逆擊也起到了牽制高飛、太史慈、黃忠的作用，便對丁次說道：「太子殿下，看來是上天讓我們成功的，燕軍雖然很強勢，但是在包圍戰中，他的兵力不夠，這是燕軍的弱點，只要加以利用，就能成功突圍。現在，請太子殿下一馬當先，帶領著所有人一鼓作氣衝出重圍吧，只要太子殿下一衝出去，燕軍的包圍就會不攻自破，我軍主力也會從這裡逃離。」

不得不說，索緒有著良好的戰場指揮能力，只是，這種能力直到今天才體現出來，因為平常他根本沒有機會獨立指揮戰鬥，基本上都是跟隨在馬超的身邊。現在，假的馬超不懂得如何指揮戰鬥，真的馬超正在逃命，他便起到了中流砥柱的作用。

丁次不懂戰術，但是覺得索緒說的很有道理，而且他也知道，索緒是敦煌索氏裡面的傑出人才，有大將風範，不然的話，馬超何以對他又恨又依賴，而且陳群也不會放心的離開這裡跟馬騰一起回長安了。

「好，該怎麼做，就請索將軍教我吧，只要主人能夠脫困，丁次就算戰死也在所不惜。」

索緒道：「太子殿下請放心，有索緒在，太子殿下不會有事的，燕軍現在的狀況我已經了然於胸，突圍不成問題，突出重圍後，我們就趕快回到營寨，這樣就安全了。」

丁次點點頭，然後聽索緒講解了該怎麼做之後，便抖擻精神，握緊手中的地火玄盧槍，策馬狂奔，對身後的幽靈騎兵喊道：「投槍！」

幽靈騎兵雖然只有一千多人，但是早就握緊了準備好的梭槍，隨時做出投擲的準備。

此時，丁次、索緒帶領著幽靈騎兵已經接近邊緣地帶，前面侯選、楊秋、程銀正在奮力拼殺，馬玩躲在人群中間不斷的叫囂著，負責堵截的燕軍顯得頗為吃力。

趙雲在左，文聘在右，烏力登在中間，荀攸、郭嘉、滇吾則在趙雲、文聘、烏力登的背後，用他們手中的弓弩進行射擊。

起初還能壓制住秦軍的衝鋒，可是到後面，秦軍將士前仆後繼，根本不畏懼死亡，只一味的向前衝，管他箭如雨下，管他人仰馬翻，都一股腦的衝了上來。

突然，燕軍的箭雨蕩然無存，荀攸、郭嘉所帶領的部下不論是弓箭，還是弩箭，身上所攜帶的箭矢都沒有了，滇吾等人的箭矢也都射完了，前方是密密麻麻的屍體，以及在屍體上面踐踏的秦軍騎兵，一個個猙獰的面孔，不斷的向外衝，彷彿在這股燕軍的背後就是長生不老泉一樣。

荀攸看到趙雲、文聘、烏力登在前面吃緊，急忙對郭嘉道：「奉孝，將所有兵力押上去，絕對不能讓馬超突圍。」

郭嘉皺起眉頭道：「軍師，這樣下去也不是辦法，不如擒賊擒王，打開一個缺口，放過一些敵人，然後在馬超即將到來之際，再傾力廝殺……」

「不行！一旦缺口打開，敵人必然如同波濤洶湧般壓了過來，只會將缺口越撕越大，再想合圍就難上加難了。」荀攸反駁道。

兩個智謀之士一下子犯了難，他們均在想：「還是兵力太少，如果再多一萬人，或許就不會是這樣的結果了。」

「讓我來！」

正在荀攸、郭嘉犯難，又不得不把他們指揮的四千騎兵全部押上去的時候，一聲巨吼從西面傳了過來，只見身披重鎧的龐德帶領著兩千名重步兵以最快的速度奔跑了過來。

荀攸、郭嘉的臉上浮現出喜色，不敢相信自己的眼睛，龐德穿著那麼重的鎧甲，居然跑得那麼快，其他士兵也盡皆如此，兩千名重步兵在龐德的帶領下，每前行一步，地面就會震動一次，那種震撼力，讓人頭皮發麻。

「轟！轟！轟！轟！轟……」

沉悶的腳步聲，沉重的步伐，龐德帶著兩千名重步兵直接圍了過來，長達三米的特製長槍，在盾牌上架了起來，面對秦軍衝鋒的騎兵，無所畏懼，長槍向前一刺，一排騎兵便盡皆落馬。

趙雲本來頗感壓力，龐德一到，立刻彌補了防守的不足，兩千名重步兵在龐德帶領下完全散開，一字型的排列在一起，當真是長槍如林，並且向前不斷的推進，將已經衝出來的秦軍再一次的給逼了進去。

可是，這裡是平原，不是地勢險要的關隘，一條路不通，還有其他路可以走，沒人敢接近龐德那邊，所有人都將突破口選擇在烏力登那裡，自發的集中在一起，向前猛衝。

龐德的出現非但沒有減輕這邊壓力，反而適得其反，讓壓力劇增。

此時，侯選一馬當先的衝了過來，一條長矛挑開了一條道路，在幽靈騎兵投擲梭槍的掩護下，直接衝到了烏力登的面前。

烏力登見到侯選，憤怒異常，手上的彎刀不停地朝侯選揮砍，大叫道：「我要你血債血償！」

作為烏桓人，他親眼目睹侯選以一記漂亮的招式殺死了蹋頓，如今的烏桓，已經不再是四分五裂了，在高飛的極力撮合下，烏桓人融合成一部，同吃同住，沒有之前四分五裂時各部之間的嫌疑，並且正式更名為「烏丸」。

丘力居是烏丸的首領，他烏力登也被任命為烏丸的貴族，看到丘力居之子蹋頓戰死，出於對同族人之間的情誼，他一定要殺了侯選。

烏力登算是烏丸第一武士，武力高出蹋頓許多，加上刀法奇特，彎刀在他的手中被施展的風風火火。

「刷！刷！刷！刷……」

侯選一經和烏力登交戰，便被烏力登密集的刀網給罩住，絲毫沒有還手的機會。正所謂一寸長一寸強，侯選用的是長兵器，兵器越長，攻擊範圍就越廣，攻擊威力也就越大；可是還有一句話叫做一寸短一寸險，就是說手中的兵器越短小，在近身交戰中，很容易讓敵人承受極大的威脅。

如今烏力登和侯選近身交戰，刀法層出不窮，逼得侯選進退兩難。不過，侯選也非庸手，他能一個半回合將蹋頓刺於馬下，足以顯示他的武力。

他約莫等了十招，見烏力登的刀勢略有鬆動，看準時機，長矛出手，矛頭直指烏力登的喉頭。烏力登急忙收刀擋住，就在這一瞬間，侯選竟然策馬從自己的身邊跑開，斜視著他的目光中，略帶著一絲陰沉。

烏力登的腦海中忽然閃現出蹋頓被殺時的情形，頓時吃了一驚，二話不說，急忙轉過身子，果然看見侯選剛從馬背上躍起，長大嘴巴喊了一聲：

「回馬……」

「槍」字侯選還沒有喊出來，便見烏力登已經做好防禦措施，他的臉上也很是驚訝，這一招他屢試不爽，刺死了不知道多少與他交戰的將領，今天卻是第一次失手，而且似乎是對方料敵先機，知道他會使出這一招一樣。

可是，刺出去的槍已經無法收回，他人也在空中飄著，烏力登儼然一副嚴陣以待的樣子，只要他敢有一絲亂動，必然會被烏力登亂刀砍死。

情急之下，侯選直接鬆開了手中的長矛，用盡全身力氣在空中翻滾了出去，身體在空中旋轉了兩圈後，直接落在手下士兵的戰馬上，然後迅疾地拔出士兵腰中的馬刀，揮著馬刀和他的部下一起衝了出去。

「噹！」一聲脆響，烏力登擋住了侯選的長矛，卻看見侯選以其過人的武藝和部下同乘一匹馬，揮著馬刀一陣亂砍，逼開守兵，直接衝了出去。

這時，丁次、索緒帶著幽靈騎兵也緊緊跟了過來，順著侯選衝開的口子將那口子撕得越來越開。

「糟了！」烏力登大喊一聲，待他想去堵住缺口時，卻為時已晚。

秦軍騎兵見有了出路，都爭先恐後的衝了出去，勢不可擋。

「糟了，馬超逃跑了！」

高飛帶著步騎兵衝進秦軍的陣營裡，一路廝殺衝破了防線，將太史慈、黃忠的包圍都給解開，可是他扭頭看見馬超衝了出去，大嘆了口氣道。

「他娘的，都是這兩個人搞的鬼，老子宰了他們！」

太史慈虎目一瞪，握著風火鉤天戟，朝梁興、李諶便衝了過去，凶神惡煞的模樣，過人的武藝，很快便衝到李諶的面前。

「納命來！」一聲巨吼，太史慈手中的風火鉤天戟脫手而出，直接刺進了李諶的胸膛。

「哇……」一聲慘叫，梁興墜馬，黃忠的刀上還帶著梁興的血液，一點也不甘落後。

主將一死，剩下的都驚慌不已，看到有缺口，便紛紛朝缺口那邊過去。

馬玩見有缺口出現，二話不說，立刻衝了上去，本想跟隨大隊人馬一起撤退，哪知道他的行動早就被趙雲盯上了，一把出鞘的利劍飛快地朝他射了過去，直接刺中了後心，裂開墜馬身亡。

這時，在西北方向戰鬥的盧橫、張遼、甘寧、王威，看到正南方出現了缺口，目光都被吸引了過去，給予了張繡、王雙的可乘之機，馬超見狀，異常興奮，竟然忘了自己的身分，握著長槍，帶著張繡、王雙直接殺出了重圍。

這一幕，正好被高飛看在眼裡，遠遠的望去，**那領著張繡、王雙穿著普通衣服的人不是馬超還能是誰？**

他迷糊了，分別看了看兩邊的馬超，泛起了嘀咕：「**竟然有兩個馬超？**」

高飛不敢相信自己的眼睛，先看了看假扮馬超的丁次，再看了看馬超，一個在南，一個在西北，兩個人都同時突出重圍，他的心裡不禁犯起了嘀咕。

太史慈、黃忠注視著西北方逃跑的那個馬超，也是一聲驚呼，叫道：「竟然有兩個馬超？」

「不！只有一個馬超，另外一個馬超是假的。」

高飛皺起眉頭，正在尋思哪個是真的馬超，哪個是假的馬超，如果他判斷失誤的話，肯定會錯失良機。

「主公，那哪個是真的，哪個假的？」太史慈急忙問道。

「真亦假時假亦真，假亦真時真亦假。」高飛緩緩地說道。

高飛這真真假假的話，繞得太史慈有點頭疼，問道：「主公，到底哪個是真，哪個是假？」

「不管哪個是真的，哪個是假的，全部都要給我抓回來。到時候真真假假，自然可以辨別清楚。子義，你帶領輕騎兵去追擊朝南跑的那個，那個馬超座下騎著的是一匹汗血寶馬，也只有你胯下的烏雲踏雪可以追上了。」高飛道。

太史慈道：「好耶！」

「子義，記住我的話，真馬超武藝高強，不可力拼，儘量用車輪戰消耗他的體力，趙雲、文聘已經追上去了，如果那個馬超是真的，到時候你們三個人可以輪番戰馬超。」

「主公放心吧，子義記住了。」

高飛見太史慈策馬要走，忽然想起一件事，急忙叫道：「子義！」

太史慈扭頭，道：「主公還有何事？」

「不管真假，務必要留下活口！」

太史慈重重地點了點頭，「駕」的一聲大喝，策馬揚塵而去，將身後的三千輕騎遠遠地拋在了後面。

「黃將軍！」高飛見太史慈離去，扭頭對黃忠叫道。

「主公是不是讓我去追那個馬超？」黃忠問道。

高飛點點頭道：「去吧，記得留下馬超一條性命，其餘的可以全部誅殺！」

「諾！」

黃忠拍馬舞刀，帶著三千輕騎也絕塵而去。

這一會兒的時間，原本被包圍的秦軍大多數都逃走了，其中有一部分在逃走的路上被燕軍掩殺，高飛、烏力登、滇吾、荀攸、郭嘉、張遼、龐德、盧橫等人還帶著大軍在廝殺，只有趙雲、文聘、甘寧、太史慈、黃忠率追了出去。

包圍圈被打開了兩條路，秦軍就像是游泳池裡的水一樣，只要閘門一開，蓄滿一池的水就嘩啦嘩啦的向外瀉個不停，原本戰場上密密麻麻的人群，如今已經所剩不多，能逃的都逃走了，剩下的都是不能逃走的，馬玩、楊柏、楊昂、韓暹等人都被堵在裡面，他們奮力的向外衝殺，卻因為失去了大批兵力的保護，意圖被看穿，被燕軍牢牢的堵了回去。

馬玩最虧了，至少他自己是這樣認為，本來是緊跟著侯選和楊秋的，結果缺口一開，在他旁邊的程銀迅速領著部隊搶在他前面衝了出去，後來他再向前衝的時候，卻發現自己正好被龐德帶來的兩千重步兵給堵住了，那叫一個懊惱啊。

缺口開了，眾位被圍住的士兵有了一線生機，不再視死如歸，打著就算冒著被燕軍刺殺的危險，也要衝出去的念頭，爭先恐後的朝那個擁堵的缺口擠了過去。

「衝啊，你們這群廢物，倒是給我衝啊！」馬玩懊惱不已，衝前面的士兵大聲喊道。

可是，他的命令就像放屁一樣，面對堅不可摧的重步兵，以及這些重步兵手中的長槍，還沒近身，就先被戳出幾個窟窿了。

「奶奶的，你們怕個毛，倒是向前衝啊！」馬玩不停的叫喊著。

馬玩膽小，不敢猛衝，總是躲在士兵的後面叫囂，這一點，他的部下早就瞭解了，面對前面如狼似虎的燕軍，以及背後聒噪的叫聲，這些士兵早就忍不住了，心裡都充滿了怒火，覺得馬玩是在拿他們當肉牆。

於是，有趣的一幕發生了，百餘名士兵突然將馬玩圍在坎心，不去攻擊燕軍，反而將馬玩給亂刀砍死。

這邊窩裡鬥，那邊楊昂、楊柏、韓暹見衝突不出，張繡等人走遠，索性就地投降。一時間，遺留下來的四萬多秦軍，紛紛向燕軍投降。

戰場上的形勢瞬間發生了逆轉，高飛帶領眾人留下來收拾殘局，收繳武器，押解俘虜。

躲在遠處高崗的曹孟德看後，重重地嘆了口氣，轉身對身邊的眾人說道：

「可惜啊，西涼兵沒有智謀之士，縱然有夠強的軍事實力，也不堪一擊，**世**

界上最強的武器不是武力，而是腦子。」

徐庶十分贊同曹孟德的話，說道：「大王，秦軍敗了，趁現在，我們也該行動了。」

曹孟德點點頭，扭臉對夏侯淵道：「妙才，你先回去，開始行動，必須在午夜前拿下卷縣縣城！」

夏侯淵笑道：「大王放心，妙才保證不讓大王失望。」

曹孟德道：「但願如此，這次戰鬥好像沒有看見燕軍的幾位戰將，看來高飛在後方預留了重兵，妙才，你要多加小心。」

「諾！」

說完，夏侯淵便離開了。

曹孟德環視一圈眾將，說道：「我們走吧，回大營，接下來，該是我們忙碌的時候了。」

「諾！」

索緒保護著丁次，帶著殘軍，馬不停蹄地朝南跑，跑了一段路程後，又開始朝西跑，後面跟著的部下也盡皆顯出疲憊。可是，他們不敢停留，後面還有燕軍的追兵，只有不停的前進，到了他們在官渡的大營之後才算是安全的。

「太子殿下，讓你一路虛驚了，不管如何，我們總算衝出來了。」索緒喘著粗氣，為了保護丁次，他也費了不少功夫。

「索將軍，一路上承蒙你的照顧，只是不知道主人現在如何？」丁次說道。

索緒急忙打住丁次的話，貼近丁次，小聲說道：「太子殿下，莫要再說這樣的話，不回到大營，你就是太子殿下，侯選、楊秋、程銀都不知情，萬一被他們知道了，只怕會引來不必要的麻煩。」

丁次知道索緒很小心，做事也很周到，便點了點頭。

這時，侯選從後面趕了過來，來到馬超的面前，抱拳道：「太子殿下，燕軍追來了，程銀、楊秋正在率部抵禦，末將願意隨同索將軍一起保護太子殿下回營，請快離開此地。」

丁次陰鬱著臉，看著侯選，道：「嗯！有勞侯將軍了。」說完，便和索緒帶著部下迅速向前奔走。

侯選愣了下，暗自嘀咕道：「太子……太子殿下竟然說有勞了？這可是破天荒的第一次啊，難道太子殿下知道我的重要性了？」

一想到這裡，侯選像是吃了定心丸一樣，抖擻了精神，調轉馬頭，衝後面的部下大聲喊道：「快點快點，都跟上，快點過去保護殿下！」

當部下都過去的時候，侯選看著遠處正在廝殺的士兵，不禁祈禱道：「楊秋、程銀，你們要頂住啊，給殿下一些時間，回到大營就安全了。」

說完，他也調轉馬頭，很快便絕塵而去。

丁次在索緒、侯選的保護下，又向前走了差不多有三十多里，好不容易回到官渡的大營了，眼前的景象卻讓他們直接跌入了低谷。

整個大營變成一片火場，地上躺著許多被燒焦的秦軍士兵，營寨上還冒著滾滾的濃煙，被大火燒得劈裡啪啦的。

「這是怎麼回事？」索緒吃驚道。

「這怎麼可能，燕軍明明被我們堵在後面，怎麼可能會行動的那麼快？」侯選也大吃一驚，看到營寨被燒毀，營外的空地上躺著許多屍體，不禁脫口而出。

不等眾人反應過來，曠野上便傳來陣陣的擂鼓聲，登時從四面八方湧現出四股兵馬，每一股兵馬都打著「楚」字的大旗，東邊是張飛，南邊是劉備，西邊是關羽，北邊是嚴顏，四人各自帶著五千輕騎兵，朝丁次、索緒、侯選等人殺了過來。

「太子殿下快走！」

侯選第一個反應，就是保護丁次，他大喝一聲，拿著鐵矛，橫在胸前，目露凶光。

「誰也別想走！」張飛提著丈八蛇矛衝了出來，大聲吼道。

兩萬楚軍騎兵將丁次等人包圍住了，這兩萬生力軍的突然出現，使得丁次、索緒、侯選的部下的士氣一落千丈。

索緒見劉備帶兵殺來，憤恨地罵道：「無恥的小人，道貌岸然的假君子，居然趁火打劫？太不要臉了！」

劉備只冷笑了一聲，什麼話都沒說，揮舞著雙股劍帶著騎兵，朝著這批筋疲力盡的秦軍衝了過去。在他的眼裡，丁次就是馬超，所以，他想親自斬殺馬超。

「太子殿下，請跟我來！」侯選見狀，扭頭對丁次喊道：「末將帶太子殿下殺出重圍！」

「晚了！」

張飛大喝一聲，一桿長矛直接從侯選的肩膀上掠過，蛇形的矛頭沾上了一絲血腥，筆直地朝著丁次的後心刺了過去。

索緒、侯選大驚，紛紛前來抵擋。可是他們怎麼快得過張飛的蛇矛，「噗」的一聲悶響，張飛的蛇矛便刺了進去，登時鮮血淋漓……，丈八蛇矛的矛頭立時刺穿一個人的身體。

丁次驚恐地望著對面的張飛，他正伺機逃跑之際，不知道張飛是如何在那麼短的時間內殺過來的，只覺得對方猙獰的面容以及他快速的行動力，都讓他感到前所未有的壓力。

他並不怕死，也不是膽小鬼，可是當他面對張飛時，完全能夠感受到張飛帶來的死亡氣息。

「我……難道就這樣死了嗎？」丁次心中暗想道。

不對，他只是僵硬在那裡，血液濺到他的臉上，正順著臉頰往下滴淌，在他的前面，丈八蛇矛穿透了一個人的身體。

原來在千鈞一髮的時候，與他臨近的一個部下用身體替他擋了一槍。

索緒、侯選見丁次沒事，急忙雙雙前來救援，一桿長槍、一桿長矛分別向張飛刺去，同時大聲喊道：「太子殿下快走！」

丁次這時才反應過來，看到索緒、侯選和張飛廝殺在一起，他環顧四周，劉備、關羽、嚴顏都拼命地朝這邊殺來，他帶出來的部下，除了幽靈騎兵外，其餘的人都因為疲憊而變得不堪一擊，根本抵擋不住這股生力軍的攻勢。

回過頭，看了眼正在廝殺的索緒和侯選，心中暗想道：「索將軍智勇雙全，主人帳下就缺少這樣的人，他不能死。侯將軍勇猛無敵，也是一員虎將，更不能就這麼死了。他們的目標是我，就讓我來承擔這一切吧！」

一想完這些，丁次即刻對身後的幽靈騎兵說道：「保護索緒、侯選，送他們二人出去，讓他們和主人回合！」

一個幽靈騎兵的軍司馬聽後，便問道：「可是……」

「這是我給你們下達的唯一命令！」

說這話時，丁次的目光、神情都像極了馬超，給人一種高高在上而且頗具威脅的力量。

「諾！」幽靈騎兵們一向逆來順受，從來不敢違抗馬超的命令，見到丁次如此模樣，喚起了心底的服從，大聲回答道。

第六章

戰鬥機器

虎衛軍，魏國最為神秘的一支軍隊，同樣是曹孟德帳下最王牌的軍隊，據說都是魏國百裡挑一甚至千里挑一的全能戰鬥機器。選拔標準非常變態，槍法，騎術，刀劍格鬥，箭術，兵法每樣都要達到普通副將的標準。

丁次將手中的地火玄盧槍交給了那個軍司馬，說道：「把槍帶回去給主人！」說完，便抽出懸在腰間的馬刀，朝向拿著雙股劍的劉備衝了出去。

劉備正緊握著雙股劍在前面揮砍，殺得西涼兵猶如砍瓜切菜，讓那些西涼兵毫無還手之力。突然，看到丁次舉刀朝他衝了過來。他的臉上立即浮現出驚恐的表情。

在他的眼裡，丁次就是馬超，而且他很有自知之明，自己是絕不可能打過馬超的，本想調轉馬頭逃跑，奈何丁次的座下馬速度太快，只一個喘息的機會，丁次便朝他砍了過來。

「二弟、三弟救我！」劉備一邊架起了自己的雙股劍，一邊大聲地喊道。

此時關羽正在一旁廝殺，張飛正迎戰索緒和侯選，兩人都沒有抽身的機會。就算有，他們離劉備也很遠，根本不可能瞬間抵達劉備的面前。

關羽、張飛聽到喊聲，看到馬超正在攻擊劉備，兩人皆是嚇了一跳，同時大叫道：「大哥快跑！」

這一叫不打緊，張飛便露了破綻，索緒、侯選有機可乘，紛紛舉著兵器刺殺張飛。

當張飛回過頭時，只見長槍正要刺向自己的心窩，長矛刺向自己的肋下，都是他的要害之處。

如果遮擋其中一處，身體必然會被另一個兵器刺中，當此之時，張飛突然來了個蹬裡藏身，整個人鑽到馬肚子下面，同時雙腳脫離韁繩，單手撐地，直接脫離馬匹，躲過了一劫。

「太子殿下！」索緒、侯選沒有刺中，扭頭尋不見了丁次，都萬分焦急，卻見丁次和劉備混戰在一起，急忙大聲呼喊了一聲。

這時，那個拿著地火玄盧槍的軍司馬，帶著剩下的八百幽靈騎兵衝到了索緒、侯選的面前，大聲叫道：「太子殿下有令，讓我等保護二位將軍突圍。」

「噹！」一聲巨響，劉備的雙股劍架住了丁次的馬刀。

劉備一直把丁次當成是馬超，心裡多少存著恐懼心理，**可當他接住丁次的馬刀之後，卻發現了一絲異常。**

他深知馬超英勇無敵，武力過人，可是剛才那一刀劈下來，卻顯得很突兀。他暗暗一想，覺得如果不是自己對馬超存在恐懼心理，那一刀有著那麼大的破綻，他不僅能夠躲過去，還能進行反擊。

丁次畢竟不是馬超，雖然臂力也有過人之處，但是武藝卻很稀鬆，他胡亂地砍了劉備幾刀，心中只想著殺死劉備。可是，他砍出幾刀都毫無章法，簡直就是一個亡命之徒在拼命一樣，根本不像是一個武者所該有的樣子。

劉備沒有出招，從發現丁次的與眾不同時，他就一直在暗中觀察，**從面相上看，丁次的確就是馬超，可是為什麼馬超會變得如此平庸？**

「難道……馬超是浪得虛名？」

一想到這裡，劉備試著反擊，雙股劍劍影婆娑，一長一短兩種不同的劍齊頭並進，立刻將丁次逼得窘態畢現。

劉備看後，哈哈一笑，道：「天助我也！馬超果然是浪得虛名！」

聲音一落，劉備加快了攻擊的速度，丁次完全被劉備的劍網給罩在裡面。

「刷！刷！刷！刷！」

劉備連續攻擊四劍，四劍盡皆擊中目標，丁次的手臂、腰身、肩膀、腿上，都出現了一道殷紅。

這讓劉備大跌眼睛，更讓他興奮不已，他大喝一聲，先刺出一個虛招，在丁次將要躲閃之際，另外一隻握著長劍的手便揮砍了過去。

「刷！」一劍砍去，一顆人頭登時飄蕩在空中，丁次身首異處，無頭的身體也從馬背上跌落了下來。

「我殺了馬超！我殺了馬超！我把馬超給殺死了！啊哈哈哈……哈哈哈……

爾等還不投降，更待何時？」

劉備忘乎所以的瘋狂了，臉上露出了極大的喜悅，揚眉吐氣的日子到了。

「太子殿下！」

索緒、侯選早已拋棄了張飛，本來策馬去救丁次，誰知道看到丁次被殺，心中登時湧起了極大的悲痛。

「殺！殺光他們，一個不留！」劉備的臉上沾滿了鮮血，面上也猙獰萬分，揮舞著手中的雙股劍，不停地大叫著。

丁次代表著馬超，在西涼兵的眼裡，馬超就是神威無敵的天神，他們看到馬超被殺，心裡頗為失落，只是，他們並沒有化悲痛為力量，因為他們已經沒有力量可用了，痛苦之餘，戰心皆無。

關羽、嚴顏以及重新上馬的張飛，如同三頭猛虎一般撲向了西涼兵，其餘的楚軍將士因為馬超被殺也備受鼓舞，紛紛地衝了上去，奮力的砍殺西涼兵。

一時間，西涼兵人仰馬翻，死傷無數。

索緒見丁次死了，拉著侯選，二話不說，帶著剩餘的八百幽靈騎兵，一股腦的朝一個方向衝了出去。

張飛見狀，正準備報復因為自己的分心而差點被殺死的事，哪知道背後突然殺來一股西涼兵，程銀、楊秋帶著殘兵咆哮著從背後殺來。

程銀、楊秋帶兵阻擋燕軍的趙雲、文聘，本來死死的堵住了，可是太史慈的突然到來，衝毀了他們的陣線，兩個人見抵擋不住燕軍的攻勢，便帶著殘軍後退，一路退到他們所在的大營來。

哪知道，剛到這裡，就看見自己人被楚軍包圍，二話不說，直接衝了過去。

張飛後軍受創，眼看索緒、侯選逃走，憤恨之餘，只得將怒發洩在楊秋、程銀這撥騎兵的身上。帶兵調轉方向，迎著楊秋、程銀便殺了過去。

哪知道，剛衝到一半，對面衝來的騎兵竟然紛紛舉起了長槍，用力的投擲過來，立刻殺死一群措手不及的楚軍騎兵。

楊秋、程銀等人投擲完長槍後，也不與其近戰，便調轉馬頭朝西北方向跑了。

這時，包圍圈裡，索緒、侯選兩個人衝在最前面，幽靈騎兵在後面緊隨，梭槍不斷的投擲出去，硬是在嚴顏所守衛的地方撕開了一個口子，直接衝了出去。

劉備斬殺了馬超，正在高興中，雖然看見索緒、侯選、楊秋、程銀跑了，但是面對仍在包圍圈裡的萬餘西涼兵，他也不去追逐，只讓關羽、張飛、嚴顏進行合圍。

不一會兒時間，西涼兵抵擋不住楚軍的攻勢，紛紛投降。

此時，趙雲、文聘、太史慈齊頭並進，帶著五千輕騎兵追了過來，可是映入他們眼簾的卻是被燒毀的秦軍大營，以及已經結束戰鬥的楚軍將士。

「楚軍趁火打劫，竟然偷襲秦軍大營，看來我們來晚了一步！」趙雲勒住了馬匹，讓所有騎兵停下來，遠遠地和楚軍相望。

「他娘的，劉備那廝就會幹這種勾當，我們在前線拼死殺敵，他倒是很會鑽空子。殺過去，殺了劉備一了百了。」太史慈衝動地說道。

「不！撤退！我們長途跋涉已經疲憊不堪，追擊潰敗的西涼兵尚可，但是對付嚴陣以待的楚軍，尚有些不足。」

說完，趙雲便強行命令撤軍。

太史慈雖然多有不願意，可是官大一級壓死人，何況趙雲又是五虎之首，有權力命令他，便不服氣的撤軍了。

楚軍正在收拾戰場，關羽突然看見從北方來了一批燕軍騎兵，來了又走，便皺起眉頭，來到劉備處。

劉備此時正處在高度的興奮之中，他從地上撿起丁次的人頭，牢牢地抓在手裡，臉上還洋溢著無比的喜悅之情。他讓士兵找來丁次的屍身，用長劍在丁次的屍身胡亂地刺著，弄得丁次的屍體血肉模糊，鮮血、內臟流了一地。

「大哥，真的有必要如此嗎？好歹馬超也是一鎮諸侯，又是秦王，就算死了，也應該得到厚葬才對。」關羽看到劉備在玩弄著丁次的屍體，不忍再看下去，說道。

「馬騰公然稱帝，馬超也難辭其咎，他們馬家已經不將大漢放在眼裡，早就應該鞭屍了，有朝一日，我一定要扒開他們的祖墳……」劉備第一次心情如此暢快。

「大哥，**難道你不覺得有點不對勁嗎？**」關羽無奈地搖搖頭，看著幾近變態的劉備，嘆了口氣，捋了下自己的長髯，緩緩說道。

劉備停下了手裡的活，將長劍插在地上，將手中的人頭也扔到了地上，然後抬起腳踩在人頭上，看著關羽問道：「二弟，有什麼不對勁？」

「傳聞馬超英勇無敵，我軍雖然沒有和馬超交戰過，但是大哥所殺的馬超，和我們之前看到和高飛交戰的馬超完全是兩個人，一個英雄無敵，一個卻不堪一擊，大哥難道一點都不覺得奇怪？」

關羽早早就發現了這點不尋常，可是看到劉備窮開心的樣子，他也就沒有說破，等到劉備喜悅過後，這才敢提出異議。

「馬超的勇猛只是傳聞而已，就算今天我們去觀戰，也沒有看見馬超和任何燕軍的人交手，只是看見他挽弓射箭而已，也許傳聞並不屬實，事實證明，馬超只是浪得虛名。」

劉備很不服氣地站在那裡，指著自己腳下踩著的人頭，心中極為不爽，暗想道：「你殺了呂布，成就了你刀王的名聲，三弟殺的名將也不少，怎麼我殺一個馬超，你就在這裡囉哩囉嗦的，是不是覺得我沒有給你殺馬超的機會？」

關羽不再說話了，不過劉備說的也對，他今天確實沒有看見馬超和任何燕軍交手。但是，他總覺得這中間有一絲不尋常，再次看了眼劉備腳下的人頭，也沒有發現有什麼異常，和他在遠處看到的馬超沒啥區別。

「大哥、二哥！」

就在這時，張飛從一邊押來一個人，那個人是被他在追擊索緒、侯選的時候抓到的幽靈騎兵。

他大步流星地走了過來，將那個人提了起來，來到劉備、關羽面前，將那個人丟在地上，然後用腳踩住那個人，惡狠狠地道：「把你剛才說的話，再給俺說一遍！」

什麼？」

劉備、關羽對視一眼，看到張飛如此這般，同時問道：「三弟，你這是在幹

張飛道：「大哥、二哥，我們殺錯人了，這個人不是馬超！」

「不是馬超?!」

劉備的反應最強烈，反駁道：「這怎麼可能？馬超是我親眼所見，樣貌已經被我牢牢地印在腦海裡，當日在朝見天子的時候，我還曾近距離的觀察過，這個人就是馬超！他就算是化成灰我都認得出來！」

「都化成灰了，大哥還怎麼認得出來？難道馬超的灰是香的不成？」

張飛指著自己腳下踩著的那個人，說道：「大哥不信，可以問他，他是馬超的嫡系部隊幽靈騎兵的一員，還是馬超的貼身衛士，大哥一問便知！」

劉備一臉陰沉地道：「說！我腳下踩著的，到底是誰的人頭？」

那幽靈騎兵一臉的恐懼，身上還在淌著血，之前在張飛的手裡被折磨得死去活來的，實在受不了，這才說出這個天大的秘密。張飛聽後，才急忙將他帶了來。

他聽到劉備的問話，說道：「是……是丁次的。」

「丁次？丁次是誰？」劉備問道。

「丁次就是大王腳下的這個人……」

劉備懵了，又看了一眼腳下的人頭，狐疑道：「難道是傳聞中的易容術？」

「不是的，丁次本來就和太子……不對，是馬超。丁次本來就長得和馬超很像，這次為了突圍，丁次便假扮馬超吸引燕軍兵力的，以假亂真。」

「你說的都是實話？」劉備面部開始抽搐了，瞪著那個人。

「我說的句句都是實話，不敢對大王有絲毫隱瞞。張爺爺，我都說了，該帶我去治傷了吧，以後我對張爺爺必然忠心耿耿……」

「耿你娘的頭！」劉備憤怒了，殺了一個冒牌貨，讓他感到受了奇恥大辱，手一伸，從丁次的屍體邊上拔起長劍，直接砍了下去，一劍將那個士兵給殺了，人頭和身體脫離，滾落到了一邊。

關羽、張飛還是頭一次見劉備如此，都用一種異樣的目光看著劉備，心裡想道：「大哥還是以前的那個大哥嗎？」

良久，三人沒有說一句話。

這時，嚴顏走了過來，向劉備抱拳道：「大王，剛才燕軍來了又走了，此地不宜久留，應該速回大營。」

劉備轉身道：「回去，回荊州，伺機而動！」

「諾！」

這一戰，秦軍敗，燕軍勝利，殺死了五萬多人，俘虜了四萬多人，整個戰場上屍橫遍野，血流成河。

燕軍陣亡了一萬五千多人，多數都是在秦軍突圍的時候陣亡的，這是一場血戰，從早晨到傍晚，戰鬥才結束。

夕陽照射在血腥的大地上，道道火紅的晚霞鋪滿了天空，彷彿映照著這慘烈的戰鬥。

高飛騎在馬背上，看著戰後的戰場，如同人間煉獄一般。

他仰首望天，看著寂寥的蒼穹，感傷地道：「文醜、管亥、李鐵、蹋頓、蘇飛以及那些死在秦軍鐵騎手中的將士們，我給你們報仇了。雖然沒有抓到馬超，但是從此以後，馬超將有很長一段時間不會踏入中原，等我積攢了足夠的力量，必然會帶領大軍直搗關中、涼州。你們可以瞑目了，希望你們的在天之靈，能夠保佑我燕國的將士們……」

高飛自言自語地說了一番話後，心情也豁然開朗，之前秦軍所帶來的壓力頓時煙消雲散。

勝利，是美好的。

「主公，各部兵馬都已經陸續回來了，據斥候傳來的消息，說被劉備殺死的馬超是假的，張繡、王雙保護的那個馬超才是真的。如今，馬超已經率領殘部朝虎牢關而去，索緒、侯選、楊秋、程銀等人也都去了虎牢關，秦軍在路上合二為一，在馬超的帶領下，一路向西走了。」郭嘉騎著快馬，來到高飛的身邊，將最新獲得的消息稟告給高飛。

高飛點點頭，扭頭看了郭嘉一眼，見郭嘉的手臂上纏著繃帶，繃帶上已經被鮮血浸紅，便關切地問道：「奉孝，你受傷了？呂曠是怎麼保護你的？」

「一點小傷而已，是個意外，怪不得別人。」郭嘉不以為意地道。

「看軍醫了嗎？」

「看了，我這不是包紮了嗎？」

「嗯，那就好，你是個謀士，不是衝鋒陷陣的將軍，這活不適合你幹，以後不會讓你和公達再這樣做了，很危險的。」

「多謝主公關心。」

「奉孝，你說馬超退到虎牢關以後，接下來會怎麼做？」

郭嘉想了想，說道：「我正是為了這事來的。徐晃已經率領小分隊進入邙山許久了，馬超在中原沒有立足之地，加上這次慘敗，必然會退回關中。屬下以為，此時正是徐晃的小分隊開始行動的時候。」

「嗯，正合我意，立刻飛鴿傳書給徐晃，讓徐晃開始行動，他的小分隊憋了那麼久，也是時候發威了，最好連同函谷關一起拿下，這樣，我軍就可以正式進入司隸了。」

「諾！」

這邊郭嘉剛剛退走，那邊荀攸便急忙策馬而來。

高飛看了眼荀攸，見荀攸身上沒有傷，這才鬆了口氣。他見荀攸急急忙忙的，問道：「軍師，發生了什麼事，讓你如此慌張？」

「主公，剛剛接到張郃將軍的飛鴿傳書，魏軍果然開始行動了，魏軍大將夏侯淵突然襲擊垣雍城，數萬大軍將垣雍城圍得水泄不通。」

「混蛋！我就知道，曹孟德兵退三十里按兵不動肯定有陰謀。沒想到，他居然在這裡等著我。張郃那邊戰況如何？」

「好在張郃之前做好了準備，所有防禦措施都已經完備，雖然遭受夏侯淵數萬大軍的圍攻，依然能夠堅守城池。」

「很好。軍師，我軍剛剛結束戰鬥，那邊戰鬥又起，以軍師之見，我軍現在該當如何？」

荀攸道：「此地距離垣雍城有八十多里之遙，就怕魏軍是以圍攻垣雍城為幌子，在路上設下埋伏，伏擊援兵。屬下以為，不如主公率領一支勁旅輕裝前進，偷襲魏軍大營，襲擊其後，來個**圍魏救趙**。魏軍大營據此也有八十多里，但一路上道路寬闊，騎兵奔馳沒有障礙，可以很快到達。」

「好，就這樣辦。即刻傳令趙雲、太史慈、甘寧、黃忠、張遼五人，各自挑選三千精銳輕騎來我這裡集合，這裡就交給軍師指揮了。」

「諾！」

「夏侯淵，字妙才，沛國譙人，乃夏侯惇族弟，其夫人是曹孟德之妻丁氏之妹。年輕時，夏侯淵曾為曹孟德替罪坐牢，後被曹孟德營救。曹孟德起兵時，任別部司馬，後累遷騎都尉、典軍校尉、冠軍將軍，現為徐州刺史……」

張郃坐在大廳中，聽著手下人念著卞喜潛伏在魏國辛辛苦苦搜集來的情報，閉目養神的他，忽然睜開了眼睛，淡淡說道：「沒想到，夏侯淵竟然如此深得曹孟德的信任……繼續念！」

「……」

張郃斜視了一眼那個朗誦的人，問道：「為何不繼續念？」

「啟稟將軍，已經沒了！」

「沒了？」

「是的將軍，下面的都被大火給燒沒了。」

張郃嘆息道：「可惜了，可惜卞喜辛辛苦苦潛伏在魏國兩年，到頭來，帶回來的訊息卻很少。雖然有一部分經過他的回憶寫了出來，但畢竟還是不夠全面。我第一次遇到夏侯淵，他這個人怎麼樣，我一點都不瞭解，如何知己知彼百戰不殆呢？下去吧。」

「諾！」

「要是卞喜在這裡就好了，至少可以問問他夏侯淵的具體情況……」許攸站在那裡，看到張郃唉聲嘆氣的，便道：「張將軍不必煩惱，知道夏侯淵底細的，並非只有卞喜一個……」

張郃斜視了眼許攸，問道：「對了，軍師和曹孟德是總角之交，應該對曹孟德身邊的人有所瞭解吧。」

許攸笑道：「這是當然。」

「嗯，軍師，那趕快把夏侯淵的底細告訴我們吧，這傢伙帶了三萬大軍來，圍而不攻，我帶兵出戰，他就跑，等我回來了，他又把我們給包圍了，實在讓人憋屈啊。」一直坐在大廳裡沒有發話的褚燕開口說道。

陳到、魏延的臉上也充滿了期待，催促道：「軍師，你就別賣關子了，趕緊說出來吧。」

許攸清了清嗓子，緩緩地說道：「四位將軍不必如此著急，夏侯淵是曹阿瞞心腹愛將，也是魏國不可多得的一員良將，比起族兄夏侯惇，以及曹洪、李典、樂進、于禁等人都要出色。此人有將帥之才，頗得曹阿瞞重視，魏軍中曾經流傳一句話，叫做『**典軍校尉夏侯淵，三日五百，六日一千**』。說的是夏侯淵當年在曹阿瞞帳下做典軍校尉時經常神出鬼沒的，他部下的兵將很少有騎兵，多以步兵為主，但都是急行軍，三天能跑五百里，六天就能跑到一千里，可謂是神速。」

頓了頓，許攸見眾人聽得津津有味，繼續說道：「正因為夏侯淵跑得快，所以在魏軍中得了一個『**神行將軍**』的綽號，他的部下也就自然成了『神行軍』。目前，堵在垣雍城外的，正是夏侯淵的神行軍。不過，兵力絕對沒有三萬，充其量只有三千人。」

張郃、陳到、魏延、褚燕聽後，都吃了一驚，互相對視了一眼後，都不敢相信地問道：「軍師莫要開這種玩笑，城外河流、樹林、山坡上到處都是魏軍的士兵，如果沒有三萬人，根本無法將垣雍城給包圍起來。」

許攸冷笑一聲，見張郃、陳到、魏延、褚燕都不相信他的話，便道：「唉，忠言逆耳啊……」說完，抬腿便要走。

「等等……」張郃急忙站了起來，阻止道：「軍師，你就別再賣關子了，有什麼對付夏侯淵的計策，就趕緊拿出來，等擊退了夏侯淵，軍師就是首功，我等必然會在主公面前為軍師大加讚賞。」

「是啊！軍師應該早有計策，請快快說出來吧。」陳到、魏延、褚燕都隨聲附和道。

許攸笑道：「昨夜或許魏軍的確有三萬，但是今天早上，魏軍就只剩下三千人了，難道你們沒有注意到嗎，昨夜夏侯淵率領大軍驟然出現，三萬雄兵喊聲震天，偷襲垣雍不成，被迫退去。可是今天你再看看，四周除了夏侯淵親自帶領的那三千人外，哪裡還有其他魏軍的影子？」

「那樹林裡、山坡上、河流邊的魏軍又當作何解釋？」褚燕是個大老粗，當山賊在行，衝鋒陷陣也行，可就是腦子不太好使。

「不過是**疑兵之計**而已，正因為來的是夏侯淵，所以除了他之外，沒有人能夠做出以三千變三萬的聲勢來，虛張聲勢，假意圍攻垣雍，卻是別有他圖。」

張郃似乎聽懂了，論資歷，他是最老的一個將軍，加上年紀比陳到、魏延都要大，而陳到、魏延正處於成長期，他曾經獨自指揮過戰鬥，攻破公孫瓚盤踞的北平，出塞千里追擊鮮卑人，領兵守衛塞外雲州，並且負責地方治安，都曾經出色的完成過任務，所以許攸的一句話點醒了他。

「我懂了，軍師，多謝提醒。諸位將軍，我們行動吧，讓我們一起去會會這位鼎鼎大名的神行將軍！」張郃拍了一下大腿，恍然醒悟過來，對眾人說道。

陳到、魏延、褚燕還不太懂，問道：「將軍，我們該如何做？」

張郃笑了笑，當即做出了合理的部署，然後將目光轉向許攸，問道：「軍師以為此計如何？」

許攸重重地點頭道：「和我想的一樣，張將軍，主公既然讓你當主將，自然有主公的道理。當時我還覺得張將軍太過年輕，未必能夠獨當大任，如今看來，可見主公並沒有選錯人，子遠在這裡先預祝張將軍馬到成功。」

說著，許攸朝張郃拱拱手，並且朝其他三位將軍也拱了拱手。

張郃道：「軍師，城內就交給你了。」

話音一落，張郃便帶著陳到、魏延、褚燕一起走出了大廳。

垣雍城外，柳子河東岸的密林裡，夏侯淵穿著一身勁裝，坐在一塊岩石上，手裡抓著一塊野豬肉，正奮力的撕咬著，吃的津津有味的。

在他的周圍，坐著寥寥一百多人，大家都正在那裡歇息，同樣持著野豬肉，臉上都洋溢著幸福的微笑。

做為曹孟德最值得信賴的一位將軍，夏侯淵有他的過人之處，他的軍事才能從一開始就彰顯了出來，他的軍事指揮藝術中最絕的一招就是神速，善於速戰速決，懂得棄強攻弱，用兵靈活。

作戰中，夏侯淵還極其重視後勤保障，經常親自督運軍糧，作戰取勝後也是先取敵之軍糧，是做好軍事中後勤保障的典範。同時，他對士兵、下屬都很好，當打敗敵人後，會將軍糧分發給缺糧的軍士，令軍心重新振作。

他的為人也極重義氣，曹孟德年少時，在家鄉犯了案，夏侯淵居然為他頂罪，後來曹操把他拯救出來才免於難。

有一年饑荒，他放棄了自己的親生兒子，只為了養活死去弟弟的孤女。

沒錯，這就是夏侯淵，一個名副其實的魏軍大將，比之曹孟德同樣信任的夏侯惇、曹洪還要優秀，和曹仁並駕齊驅。

遠的不說，就拿這次包圍垣雍城來說，曹孟德明明給了他三萬人馬，可是當他知道垣雍城已經被燕軍占領，並且布置好防線後，他就主動放棄了攻打垣雍城的想法，從而想出一個圍點打援的機會。

他把重兵調到從官渡通往垣雍城的路上進行埋伏，自己則親自率領三千神行軍在此虛張聲勢，以求拖住城中敵人的目的。

事實證明，他成功了，牢牢地將燕軍包圍在城中一天一夜。

「大家多吃點，吃飽了才有力氣打仗，一會兒你們再去圍著垣雍城跑幾圈，我估摸著今天傍晚，從官渡退下來的燕軍就會來救垣雍城的。到時候，我們就可以全力迎戰了。」

「諾！」

正說著時，一撥士兵累得滿頭大汗，氣喘吁吁的回來了，一百個人一來到這裡，便一屁股坐在地上，不停地抹著額頭上的汗水。

夏侯淵見又一隊人回來了，便嘿嘿地笑了起來，對那一百個人說道：「辛苦你們了，快吃肉吧，這些都是犒賞你們的，明天就沒有了。」

一百個人臉上洋溢著幸福的笑容，剛才的疲勞散去許多，紛紛走到一口大鐵鍋裡，每人撈起一塊野豬肉，張嘴便開始啃。

這時，一個士兵從柳子河的岸邊跑了過來，神色慌張地說道：「將軍，燕軍出城了，而且……是從四個不同的方向，分別開始進攻了。」

「他娘的，城裡肯定有高人，不然的話，又怎麼能識破我的計策？快給各部傳令，後撤三十里，在老鴉灣集合。」

夏侯淵將沒吃完的肉直接塞進腰中懸著的一個口袋裡，滿手油污的在身上隨便擦了擦，拿起自己的大刀便招呼著士兵行動。

兩百來人徒步在樹林裡穿梭，單憑兩條腿便跑得飛快，儘管樹林裡有雜亂的石頭，依然無法對他們造成障礙，簡直是如履平地。

張郃帶著士兵到這裡時，夏侯淵早跑得沒影了。他看到到處都是紮著的稻草人，以及插遍的旗幟。一棵樹上刻著「有本事來追我」幾個字，還有夏侯淵親自刻的落款。

他嘆了口氣，道：「夏侯淵不愧是神行將軍，跑得真快，更讓我意外的是，他居然用這種方法騙了我整整一天！」

燕軍沒啥收穫，只得將魏軍大旗以及穿著魏軍衣服的稻草人給搬了回去，同時將遺留下來的許多口大鐵鍋也一起帶了回去，算作是戰利品了。

垣雍城裡。

張郃等人雖然帶回來戰利品，可是並不樂觀，對夏侯淵這種疑兵之計感到很是頭疼。

陳到、魏延、褚燕聚集在大廳裡，三人到現在還沒有明白過來，怎麼許攸就看破了夏侯淵的奸計呢。

「軍師啊，你到底是怎麼看出來的，城外果然沒有多少魏軍，我們一出去，魏軍就跑得無影無蹤了，只剩下那些吃飯的傢伙了。」褚燕不解地問道。

許攸嘿嘿笑道：「這個嘛，就在於你們沒有細心觀察。夏侯淵號稱神行將軍，其部下也都是神行軍，跑路那可是一流的，在這樣密林、河流、矮山環繞的地方，騎兵的作用不明顯，而且有一種英雄無用武之地的感觸，但是對於夏侯淵的神行軍來說，那是再合適不過的了。就因為他的部下跑得快，所以隔一段時間便圍繞著城池轉一圈，故意弄出點動靜，讓你們都相信城外都是魏軍……」

「哦，我懂了，奶奶個熊！老子也曾經是嘯聚山林的人物，自從跟隨主公之後，進山的機會就很少了，這次倒是我的疏忽，怎麼就沒有想到這一點呢。」褚燕拍了拍腦袋，懊悔地道。

「不必如此，夏侯淵必然會去而復返，而且這次再來，就很有可能將大軍抽調回來進行強攻。所以褚將軍可是有極大施展身手的機會啊。」許攸說道。

張郃聽後，問道：「軍師的意思是？」

「夏侯淵的三萬大軍確實存在，只是那兩萬七千人的馬步軍，至少埋伏在三十里開外從官渡到垣雍城的路上，既然我們看破了夏侯淵的計策，他肯定害怕我們主動出擊，必然會帶領大軍進行強攻。垣雍城城池小，城防不夠牢固，城牆也是年久失修，所以，這一戰對我們來說有著極大的考驗。如果敗了，那麼夏侯淵就會長驅直入，直搗卷縣縣城屯糧重地，那樣我軍就無法在中原立足了，而主攻的幾萬大軍也必然會受到影響。」許攸道。

張郃點點頭道：「那麼，我們就積極備戰吧，城中只有五百騎兵，其餘的都是步兵，夏侯淵雖然有神行軍，但並不是每個人都跑得那麼快。軍師，你有何計策破敵？」

「**夾擊！**」許攸捋了捋自己的鬍子，驕傲地說道：「夏侯淵雖然是魏軍傑出的將才，但是為人性格急躁，猛衝猛打，而且不受軍令約束，經常做出一些非常之舉，神出鬼沒般的出現，又神出鬼沒般的消失，善於長途奔襲，偷襲敵軍大營和糧倉。不過，垣雍城剛好卡在關鍵位置，他無法繞過去，所以只能先拿下垣雍城，才能實現他長途奔襲的長處。」

張郃道：「我懂了，請軍師定出計策，張郃願意將這次指揮權交給軍師，全權聽候軍師的命令。軍師，如何夾擊夏侯淵，請下命令吧！」

許攸對張郃的印象很好，這個人很識大體，一向以大局為重。他聽後深受感動，說道：「張將軍以大局為重，子遠佩服。不過，張將軍也不必如此，指揮還是歸張將軍，我只出謀劃策即可。」

說完，許攸便將自己的伏擊計畫說給張郃、陳到、魏延、褚燕聽，四個人聽完，都覺得此計甚妙，哈哈地笑了起來。

夏侯淵一路快跑，好不容易抵達了老鴉灣，這才讓士兵停下休息。不多時，陸續趕來十幾股兵力，以屯為單位的神行軍都聚集了過來。

「大家先休息一下！」夏侯淵氣喘吁吁地對其他人說道。

等到夏侯淵休息過來後，當即對身邊的一個人說道：「傳令下去，讓文稷、鄧白二將將大軍全部帶過來，準備強攻垣雍城！」

「諾！」

傍晚時分，夏侯淵的部將文稷、鄧白二人撤去了埋伏，帶著兩萬七千人的馬步軍趕到了老鴉灣，看到夏侯淵坐在老鴉灣旁邊的一塊岩石上，便走了過去。

「末將參見將軍！」

夏侯淵道：「你們來得正好，可曾遇到救援的燕軍？」

文稷、鄧白二人面面相覷，一起搖搖頭道：「沒有，一個人影都沒有見到。」

夏侯淵嘆了口氣，說道：「看來，是我失策了。你們先休息一下，天黑以後，我們開始強攻垣雍城，讓士兵們都好好的準備一下。」

「諾！」

垣雍城在距離柳子河西岸大約一里的地方，城池並不大，中間是一片小平地。柳子河的東岸是茂密的樹林，那裡樹木高大遮天蔽日，是隱蔽伏擊的好場所。

經過一番準備，張郃、魏延、褚燕各自帶領著兩千名步兵埋伏在彎曲的柳子河附近。

按照許攸的推算以及這裡的地理位置，魏軍若要過來，必然會從柳子河東岸的密林裡經過，所以張郃、魏延、褚燕分別埋伏在垣雍城的南、北、西三個不同的方向，遠遠地觀望著。

雖然已經到了傍晚，但是臨近夏日，天氣很是燥熱。張郃臉上濕漉漉的，頭上的汗滴悶在鐵盔裡，形成一條條的水流順著面頰往下淌。鐵甲下的戰袍也黏在後背上，讓人好不難受。

細碎的金屬聲在樹林中清脆的迴響，張郃環視四周，戰士們有的在樹蔭下打盹，有的則默默地擦拭著自己的兵器與盔甲。為了避免金屬在太陽照射下反光被敵人發現，盾甲與兵刃都塗了黑漆。

張郃取下頭盔，用手擦了擦額頭的汗水，抱著長槍坐在大樹下昏昏入睡。

等待是最讓人頭疼的一件事，張郃小憩了一會兒，從短暫而深沉的睡眠中蘇醒，瞇起眼睛適應著從樹梢的縫隙中透下來的強烈陽光，聽著濃綠的樹蔭中傳來鳥兒歡快的嘰喳聲。

張郃嘆了口氣，誰又能料想得到，再過一會兒，如此寧靜美麗的樹林就要變成血肉橫飛的戰場了呢。

張郃壓下心中的感慨，將注意力集中在即將到來的戰鬥上，他站起來嘗試著活動全身的關節，並且讓士兵盡可能的在這個時候活動一下，不然再過一會兒，想動都不能動了。

此時，士兵們都束好甲冑，一個個將防止發出聲音的短木棍咬在口中，紛紛進入預定埋伏的地點隱蔽起來。距離天黑還有半個時辰，**一張捕殺夏侯淵的大網已經悄然無息的張開，只等獵物自己投進來了。**

太陽即將沉入地平線時，柳子河東岸的樹叢中塵土徐徐升起，雖然不是很引人注目，但是對於一直在等待著的張郃來說，還是令他感到了一股興奮與激動。

夏侯淵終於來了。

柳子河不算太寬，河水也並不深，人完全可以跳下去，最深的地方，也不過才漫過胸口，當然，這是泛指，人的身高並不是都一樣的，所以，有些矮個子的士兵，水位或許能到他的脖頸。

張郃右手將長槍用力一頓，借助這股力量向大樹上躍去，身在半空，舊力已竭時，左手探出，在一根粗壯的橫枝上向下一按，身體再度借力騰起，穩穩立在這根橫枝上。

他伸手從腰間拔出佩刀，按照約定，將刀刃就著太陽餘暉向垣雍城的城頭連晃了五下，然後凝神向河對岸的城頭觀看。

只見垣雍城東南的高櫓上，有人以兵刃閃了三下，這是約好的暗號，表示城中的五百騎兵與三千五百名步兵可以隨時出戰，並且加緊了對東面的監視。

鳥叫的聲音停住了，登高望遠，敵人在張郃的視野中逐漸清晰。

人影綽綽，穿行在樹林中羊腸小徑的魏軍隊列極長，一眼望不到頭。看他們士卒行軍時步調一致，塵土條條升起，清而不亂，果然是久經沙場的精銳之師。

當整個隊伍全部出現在視線範圍內，張郃不禁皺了皺眉頭，隊尾的士兵們不但步伐聲音雜亂無章，而且揚起的塵埃散亂不齊，說明連基本的行軍隊形都無法保持。

「這些人顯然沒有經過嚴格軍事訓練，夏侯淵怎麼會採用這種士兵作戰呢？」張郃心裡泛起了嘀咕，心念一轉，旋即醒悟過來，暗想道：「難道是……虎衛軍？」

果然，那些雜亂無章的人完全出現的時候，每個人行走起來如同腳下生風，很快便越過了前面的士兵，但隨即人影便竄入了更加密集的樹林裡，一眨眼的功夫便消失得無影無蹤。

這讓張郃更加肯定了自己的猜想，他曾經聽卞喜說起過魏國的虎衛軍，所以當那些人一出現，出於一名武者的銳利目光，他看得出來，那些人絕非等閒之輩。

虎衛軍，魏國最為神秘的一支軍隊，同樣是曹孟德帳下最王牌的軍隊，據說都是魏國百裡挑一甚至千里挑一的全能戰鬥機器。

選拔標準非常變態，槍法，騎術，刀劍格鬥，箭術，兵法每樣都要達到普通副將的標準。最後還要身著一副最上等重甲，長槍，鐵胎弓，利劍各一件，不停連跑百里還有力氣能在馬上戰鬥。

率領虎衛軍的，就是號稱魏國雙絕的典韋和許褚，但是卻沒有人見到過典韋和許褚擁有過神秘部下，一般他們的出現，只是以貼身護衛的方式站在曹孟德的身邊，至於虎衛軍的蹤跡，更加撲朔迷離了。

當年卞喜因為其在魏國的特殊身分，在一次典韋和許褚的對話中無意間聽到虎衛軍的名字，一向心思縝密的他，便暗暗地將這個名字記在心裡，之後雖然旁敲側擊的打聽過，但是所問之人卻紛紛表示沒有聽過，這也給虎衛軍披上了一層更加神秘的面紗。

正當張郃想得出神時，突然發現密林中煙塵忽止，魏軍在距離河岸不到一里的地方停止了前進，士兵越聚越多，像是在河對岸布陣一樣，卻不著急著進攻。

張郃將頭縮回樹幹後面，心裡驚異道：「部隊停止前進而塵土立即停止飛揚，這需要千錘百煉的訓練和將領極高的治軍水準。單單這一項，就可以看出，夏侯淵的神行軍並非只有跑得快而已。這次的敵人眾多，其中又夾雜著虎衛軍這樣的部隊，加上夏侯淵並非庸才，不知道這次伏擊能否成功，**看來，這是一場硬仗啊！**」

第七章

禍不單行

「真是禍不單行！」張郃恨恨地說道：「傳令下去，令所有騎兵下馬，將糧食迅速的放到馬背上，一個騎兵牽著一匹馬，馱著糧食迅速撤離，剩餘的糧食讓士兵一人背一袋。文長，你和我帶領後軍一千人留下殿後。」

垣雍城的城頭上，陳到和許攸一直在密切注視著魏軍的一舉一動，看到魏軍突然停了下來，許攸的心臟加劇跳動，胸中充滿了緊張與憂慮，暗想道：「為什麼夏侯淵要停止前進？難道他看破了我的部署？」

按照許攸絞盡腦汁擬訂的作戰方案，陳到率領四千馬步軍在城中休息，看到張郃給的的信號後密切監視，隨時備戰。一旦敵人渡河人數超過五千人，就開啟城門向敵渡河的先頭部隊發起猛攻；而伏擊部隊趁著敵人陷入進退兩難、前隊與後隊無法相互呼應時，從側翼暴起發難。

首先是樹林西側的二百名伏兵放火擊鼓吶喊，火借風勢，將會把敵人罩入一片火海之中。受驚的敵人必定會向東南逃逸，這樣就正中了圈套，張郃率領的兩千名步兵全部潛伏於那裡，務必要將夏侯淵埋葬在這裡。

但現在，**再完美的方案也派不上用場，敵人竟然止步不前了**。

「究竟是為什麼？在哪裡出了紕漏？」許攸此時頭疼欲裂，絞盡腦汁想出來的計策，難道就此泡湯了?!

「軍師，夏侯淵怎麼忽然停下來了，難道我們被發現了？」

陳到也是一臉的納悶，本來已經打起了十二分精神，城裡城外都做了嚴密的部署，專門等待著夏侯淵的進攻，可是夏侯淵竟然停止前進了。

「不可能，我安排的天衣無縫，夏侯淵那廝雖然有將帥之才，但絕不可能那麼輕易看破我的計策。」許攸用力的搖搖頭，他不相信夏侯淵那個只會猛衝猛打的神行將軍會看破他的計策，他對自己的計策信心百倍。

「可是……夏侯淵停下了，如果他不進攻的話，時間一旦拖延下去，對我軍會十分的不利。」陳到也很糾結。

「別吵，容我想想！」許攸眉頭緊皺，他還是第一次碰到這樣的事。

他和曹孟德是發小，小時候自然見過夏侯淵，那個整天流著鼻涕、尿尿玩泥巴的孩子，腦子就一根筋，除了跑得快之外，似乎沒有什麼其他特長。

在他看來，夏侯淵之所以能夠多次取得戰績，就是因為他跑得快，來無影，去無蹤，加上不喜歡按照常理出牌，經常消失在戰場上，等到夏侯淵再次出現的時候，居然是在搶奪敵人的糧食。

他對夏侯淵的瞭解，並不少過曹孟德，可是為什麼，**到底是為什麼，夏侯淵這樣一個鼻涕蟲怎麼會看破他的計策？打死他，他都不相信。**

許攸完全陷入深深的懊惱中，仔細的回想著所有可能造成夏侯淵疑心的地方。

時間一分一秒的過去了，夏侯淵的部隊越聚越多，一股腦的全部在柳子河對岸擺開了，沿著河岸擺成了一個弧形。

此時此刻，魏延、褚燕都很焦急。但是最焦急的人莫過於張郃了，在他看來，如果這次計策被看破了，那麼不光垣雍城會被夏侯淵拿下，很可能連卷縣縣城都不保。

時間不容張郃多想，他看到敵人的隊形已經開始分散開來，他從樹葉的縫隙間望去，忽然看到了那幫虎衛軍的可怕實力。

虎衛軍的士兵們猶如鳥兒一般輕盈，迅速在大樹上跳躍著，從這一棵到另一棵，瞬間形成了對地面部隊有效的監視點與保護網。

夏侯淵的地面部隊也由一條直線散開，然後聚攏到一起，士兵三五成群地形成一個個的圓形陣勢，擺出對兩翼加強防禦的姿態。

顯然夏侯淵已經發現了燕軍！

張郃咬了咬牙，右手握緊長槍，心中想道：「不能再等了，一旦夏侯淵展開攻擊，必然會導致全軍覆沒，看來只有拼了。」

剛剛將左手舉高要打出全軍衝鋒的手勢，張郃卻又放了下來。

他做了一次深呼吸，使自己的頭腦冷靜下來，暗想道：「以我軍的隱蔽地點來看，不可能這麼簡單被敵人發現的，而且即便真的被發現，以夏侯淵的作風，定然會以迅雷不及掩耳之勢展開猛攻，根本不給人喘息的機會。可是，他現在卻在對岸聚集兵力，像是暗自布陣，似乎是採取防守措施，肯定是有什麼東西引起了他的戒心……」

仔細地思考後，張郃猛然腦中靈光一閃，想到了問題所在。要說什麼事物引起了夏侯淵的戒心，恐怕就是城中給的聯絡信號了。

張郃反光發聯絡信號時，是背靠著大樹對垣雍城發的，夏侯淵的兵法就算再厲害，視線也不會轉彎，絕對看不到的。而陳到在城頭所發的反光信號卻正對著夏侯淵，十有八九引起了他的注意，故而用這招試探是否有伏兵存在。

張郃心中暗叫好險，慢慢坐在橫枝上靜待下一步的變化。

時間彷彿凝固了，接著夏侯淵解除了警備狀態，隊伍重新逐漸恢復成直線狀。

「啊……」

突然，一聲慘叫從張郃所埋伏的地點傳了出來。

張郃急忙回頭，看了一眼背後，瞳孔突然放大，看到不知道從哪裡出現的百餘名虎衛軍正在樹幹上跳躍著，手中緊扣的飛刀不停地從高處投擲而下，那飛刀的精準度十分的高，直接刺進埋伏在地面上的士兵的心窩。

很快，慘叫聲此起彼伏，從魏延、楮燕所埋伏的地方同時傳了出來。

張郃大吃一驚，急忙叫道：「不好，中計了！」

鋪天蓋地的飛刀從高處不斷的投射下來，精準地射在燕軍士兵的要害之處，空中不斷跳躍著的人，身手都十分敏捷，稍縱即逝。

此時，魏軍擂響了前進的戰鼓，早先集結在河岸上的士兵紛紛跳下了水，爭先恐後的向垣雍城而去。

夏侯淵騎著一匹灰色戰馬終於露出了臉，準確的說，是一匹白馬，塵土與泥垢掩蓋了馬兒原來的毛色。

由於長途跋涉，他整個人變得灰濛濛的，但別有一種歷盡生死滄桑的豪放魅力，馬背上的夏侯淵腰幹如標槍般筆直，厚重的鐵甲依然掩蓋不了他彪悍的體型和雄壯的氣魄。

此時這豪勇的大將，正以飛快的速度先行渡過河去，緊握著手中的大刀，催促士兵加緊步伐。他滿是塵土的臉上，一雙眼睛四下裡來回掃動，凌厲的眼神就像鋒利的刀光。

密林裡，埋伏著的張郃、魏延、楮燕被突如其來的虎衛軍攪得亂成了一團，士兵們紛紛抬頭望著上方，見人影晃動，手中舉起連弩快速的射擊，可弩箭始終捕捉不到虎衛軍的身影，一支支弩箭釘入了樹幹，換回來的卻是一柄柄鋒利的飛刀，貫穿了士兵的喉頭或者心窩。

張郃此時終於見識到虎衛軍的實力，這樣的戰鬥力，堪比飛羽軍，甚至比飛羽軍更加的敏捷，好像他們是樹上的猴子，與生俱來就擁有攀爬的技巧一樣。

張郃一直隱藏在一棵大樹的後面，他站在高高的樹枝上，看著狡猾的虎衛軍在空中不斷的來往，伺機而動。

忽然，一個虎衛軍跳到張郃所隱藏的樹幹上，張郃看準時機，「呔」的大叫了一聲，長槍迅速出手，直刺那虎衛軍的心窩。

本以為可以就此得手，哪知道那虎衛軍突然一個後翻，避開了張郃冷不丁的一槍，身體直接墜落而下。

「殺死他！」張郃急忙朝下面呼喊道。

地面的燕軍士兵看到敵人墜落下來，紛紛舉起手中的兵刃，朝天而立，只等待那士兵掉落在他們的兵刃上。

就在這時，「啪」的一聲巨響，一根很長的鞭子直接抽打在那個虎衛軍的身上，鞭子的末梢將那虎衛軍牢牢地纏住，而在遠處站立著的那個揮鞭的虎衛軍士兵，用力一拉自己的鞭子，便直接將那個眼看要掉落到燕軍兵刃上的士兵給拉了回去，整個動作一氣呵成。

「這就是虎衛軍的士兵嗎？」

張郃看了以後，吃驚不已，他只想到虎衛軍是很精銳的士兵，但是到底精銳成什麼樣子，他還是第一次見到。看到那揮鞭的人收發自如，長長的鞭子在手中像是長了眼睛一樣，將同伴給救了回去。

「啪！啪！啪！啪……」

緊接著，鞭子的響聲在樹林中此起彼伏，張郃看到那長鞭如同扭動的巨蟒一樣，朝著地面上的士兵抽打過去，纏住燕軍士兵的脖子，虎衛軍士兵用力一拉，便將燕軍士兵給活活勒死。

有的則是纏住燕軍士兵的腰身，然後被用力甩出去，或者撞在樹幹上，或者撞在岩石上，更有甚者直接撞在了兵刃上，不是撞得腦漿迸裂，就是被兵刃刺穿了身體，向燕軍的士兵展現著他們的實力。

一道鞭影朝著張郃抽打了過來，張郃眼前一亮，急忙跳開，那鞭子牢牢地纏住了樹幹後，站在遠處操控鞭子的人沒有收回鞭子，反而將鞭子的一頭牢牢地繫住，然後縱身而起，步伐輕盈地踩著鞭子快速地朝張郃跑了過來。

他的速度奔跑如風，如履平地，在即將到達張郃的面前時，手中在腰中抽出一把長劍，劍薄如翼，還在空中來回顫抖，竟然是一把腰力劍。

虎衛軍的種種行徑，都讓張郃耳目一新，他從未見過這種戰鬥方式，眼看正前方的一個虎衛軍士兵舉劍刺了過來，他躲閃已經不及，只好舉起長槍刺了出去。

可是，怪異的事再次出現了，那名虎衛軍士兵的長劍如同靈蛇一般纏住張郃的長槍，牢牢的禁錮在槍桿上。使得張郃的攻擊頓時戛然而止。

張郃大吃一驚，當他還沒有反應過來的時候，那把軟如蛇身的長劍竟彈開來，在虎衛軍士兵的手中一抖動後，立刻形成一把筆直的長劍，朝著他的脖頸削了過來。

「刷！」劍光在張郃面前閃過，原本軟如蛇身的長劍竟然變得堅硬無比，鋒利的劍尖劃到躲閃不及的張郃的臉頰上，張郃的臉頰登時出現一道血紅。

張郃縱身向後躍起，抽出了隨身攜帶的佩劍，「刷刷刷」的三劍朝那虎衛軍士兵反擊回去。

可是，張郃的攻擊顯得毫無威力，那虎衛軍的士兵身形晃了幾下，竟然躲閃了過去，看到張郃飄到另外一棵樹幹上，嘴角上揚起一絲若有若無的微笑。

張郃看到那虎衛軍士兵的微笑，覺得很詭異，也不見他追過來，只是握著長劍站在那裡，雙目緊緊地盯著他，似乎在防止他過去一樣。

「啪啪啪……」

鞭子的聲音在樹林中仍然不斷的響起，張郃斜視了一下自己在林中的部下，一看之下，竟然發現上方密密麻麻的布置了許多條交錯在一起的鞭子，那些鞭子組成了一道密網，像是罩在士兵的上方一樣。

這時，和張郃對立而站，握著長劍的虎衛軍士兵，突然抬起手，臉上多了一絲冷峻，眼裡現出殺機，下令道：「**天網！**」

話音一落，其他虎衛軍全部停止行動，紛紛站在不同的樹幹上方，蹲下身子，每個人手裡不知道按動了什麼東西，鞭子突然露出許多如同繡花針一樣細小和鋒利的刺，之後同時從空中跳了下去。

張郃頓時大驚，意識到危險，急忙對部將喊道：「何寧、潘翔！快離開那裡！」

可是，他的話剛喊出來，一道布滿密密麻麻針芒的鞭子織成的大網，迅速的落了下去。

被網子罩住的燕軍將士頓時鮮血四濺，在大網中肢體被活活的分開。

這還不算，那些虎衛軍剛一落地，便迅疾的散開，每個人握著一柄鋒利的匕首，穿梭在燕軍當中，所過之處一劍封喉，屍體倒成一片。

張郃看到這一幕，心如刀絞，終於明白，那些人用鞭子不斷地在空中揮打，不是借用鞭子殺人，而是在揮打樹幹的分支，使其空出一片地方來，好讓他們能用天網來殺死更多的人。

「哇啊……」

張郃的士兵在這些虎衛軍面前顯得不堪一擊，何寧和三百多士兵死在天網之下，潘翔正率領士兵聚攏在一起，但是面對虎衛軍的咄咄逼人之勢，卻又無力反擊，每個人的臉上都充滿了驚恐。

「燕軍也不過如此。」與張郃形成對立的人站在那裡一動不動，但是目光一直盯著張郃，只要張郃有絲毫的異動，那個人就會向張郃展開攻擊，即使不能殺死張郃，要讓張郃無法救援自己的部下，只能站在那裡眼睜睜地看著自己的部下慘死。

殺人誅心，被這個與張郃形成對立的人運用到了極點。

張郃握著長劍，仔細地打量著那個人，見那個人體型偏瘦，握著長劍迎風而立，高挽的髮髻，俊俏的臉龐，甚至顯得有些冷傲的表情，與那孤高絕世的氣質，不禁讓他深吸了一口氣，暗想道：

「沒想到魏軍裡面竟然有如此年輕的武者……」

眼前的這個人，彷彿與樹林融為一體，連氣息都好像全部消失。樹葉的沙沙聲越來越響，風刮得越來越大了，流動的空氣乾燥而滾熱，吹在臉上頗為不舒服。耳邊是自己部下的慘叫，面前是一個不知道有何等實力的人，張郃站在那裡，備感煎熬。

「嗚嚕嚕……嗚嚕嚕……」

垣雍城裡吹響了急救的號角，悠揚的聲音讓張郃意識到，**他該做點什麼**。

「嗖！」張郃一個箭身朝樹下竄了出去，像一隻凶猛的老鷹，墜地之後，在地上滾了兩滾，剛一起身，抬頭便看見一柄利劍朝自己刺了過來，他順著劍尖望了過去，竟然還是那個和他對立的人，沒想到速度竟然比他還快。

不敢多想，舉劍格擋。

錚！錚！錚！

三聲響後，張郃和那個人分開，再次對立而戰，他剛挪動了一下腳步，那個人也跟著挪動了一下腳步，讓張郃感到懊惱異常，皺起眉頭，問道：

「閣下何人？」

「**夏侯離**。」那個與張郃對立而戰的虎衛軍士兵面無表情的回答道。

張郃在心裡默默地念了一下這個名字，隨即吹響了一聲口哨，自己也倒退，向樹林外面跑去，同時對夏侯離說道：「夏侯離，我記下你啦，咱們後會有……」

不等張郃把話說完，夏侯離揚手便是一枚飛刀，直接朝著張郃的面門射了過去。

張郃見飛刀來勢洶洶，急忙舉劍格擋，剛撥開那枚飛刀，卻見夏侯離的身影在空中轉瞬即逝，一條薄如蟬翼，軟如蛇腰的長劍猶如靈蛇吐信一般，朝著張郃的天靈蓋便刺了下來。

「不好！」

張郃沒有想到夏侯離的劍法如此詭異，心中暗叫一聲，情急之下，想出了一個絕招。

不等夏侯離的劍尖逼來，他先是貓下腰，屈著腿，然後再用力一踩地面，整個人便朝空中竄了出去，手中揮舞著的鋼製長劍立刻形成一個劍網，和夏侯離的劍攪在一起，夏侯離的劍被張郃的劍給牢牢地纏住。

這招「寮步上刺」被張郃使得活靈活現，張郃纏住了夏侯離的那把腰力劍，身體上彈的力度已經達到了極限，他見夏侯離想掙脫那把腰力劍，急忙將左手伸了上去，一把抓向夏侯離的胸前，想要把夏侯離給拽下來。

夏侯離見張郃的大手抓了上來，皺了一下眉頭，二話不說，立刻鬆開握著的腰力劍，同時在空中來了個鷂子翻身，整個人便飄了出去，最後落在地上，雙腳剛一站在著力點上，便大罵道：「下流！」

張郃也落了下去，剛一著地，聽見夏侯離如此罵他，讓他有點丈二和尚摸不著頭腦。

此時此刻，張郃的部將潘翔在聽到張郃的哨音之後，便帶著部下開始向樹林外面撤，有幾名虎衛軍的士兵追了過去，被潘翔當場砍翻了其中一人，燕軍士兵則殺死了另外幾個人，這才衝出一個缺口，迅速地逃離了樹林。

但是，兩千名埋伏在樹林裡的士兵，如今卻只剩下一千五百多人，就這麼短短一刻鐘的時間，竟然陣亡了那麼多的將士，讓燕軍對虎衛軍都產生了一點點的畏懼。

垣雍城裡吹響的長長號角聲的餘音尚未消失，張郃只聽見「轟」的一聲巨響，濃煙隨風湧現，北面樹林中烈焰已衝霄而起。

「糟了，褚燕那裡危險了。」張郃暗叫著，可他面前站著的夏侯離身手敏捷，在輕身功夫上遠勝過他，而且劍法詭異多變，用的兵器更是絕不重複，讓他感到了一絲的壓力。

此時，夏侯離冷漠的表情上，一雙炙熱的眸子依然在注視著張郃，丟失了腰力劍的他，此時手裡握著兩把細長的銀色兵器，看起來極其古怪。

張郃注意了一下夏侯離雙手中的兵器，見那兵器長約一尺，是頭細中間粗的圓錐體，頭略扁，呈菱形帶尖，兵器正中有一個小孔，上面銔上一個鐵釘，釘子可以在孔中活動，釘下有一鐵環與之相連，正被夏侯離緊緊地握著。

只見夏侯離舞動時，將兵器上的圓環套在雙手的中指上，運用抖腕和手指撥動，那兵器便快速地旋轉起來，像是一根巨型的針在動。

「這是什麼兵器？」張郃好奇地問道。

「**峨嵋刺**！今日我就要用這峨嵋刺，取你這個下流胚子的狗命！」

不知道為何，夏侯離臉上竟然現出極大的怒氣，話音一落，朝著張郃便攻擊了過去。

張郃對於夏侯離詭異陰柔的武功路數很不瞭解，他還是第一次遇到這樣的人物，以前交戰的人都是以剛猛為主，可是他現在碰到的這個，卻略微不同，使得他只能後發制人。

夏侯離身體敏捷，彈跳力極好，手中帶著峨嵋刺，不停地朝張郃攻擊而來。

可是，張郃也不是吃素的，雖然一開始在樹上被夏侯離逼迫得毫無還手之力，可一到了平地，他的下盤就穩當了許多，不用再擔心踩不到樹幹而掉下去，所以他的遮擋躲閃一直讓夏侯離沒有得逞。

其餘的虎衛軍早已追著潘翔離開了樹林，偌大的樹林裡，只剩下張郃和夏侯離兩個人，而垣雍城那邊的喊聲也越來越大了，第二次求救的號角再一次在張郃的耳邊響了起來。

「不能再拖延下去了，否則垣雍城不保。」張郃一邊閃躲，一邊觀察著夏侯離的攻擊路數，暗暗地記在了心裡。

十招過後，夏侯離沒有在張郃身上討到什麼便宜，但是夏侯離依然不停的發動著攻擊，拼命的纏著張郃。因為，夏侯離的任務就是纏住張郃。

「嘿嘿，你的功夫也不過如此，在樹上或許我打不過你，可是到了地上，你就不是我的對手了，加上你詭異的兵器以及刺殺的手法都用得差不多了，也是時候該我還擊了。」

張郃心裡擔心垣雍城的安全，已經沒有耐心再等下去了，當即予以反擊，展開了攻勢。

張郃除了槍術過人之外，劍術也有一定的造詣，他觀看了夏侯離十招，見夏侯離的招式非常的奇特，如果不是他慧眼如炬的話，恐怕早已死在夏侯離的手裡了。

反擊一開始，求勝心切的張郃便展開凌厲剛猛的攻勢，劍招是最為普通的劍招，可是到了張郃的手裡，就算再普通的劍招，也被他施展得虎虎生風，威猛異常。

「噹噹噹……」

一連串的快攻之後，六招過後，張郃的長劍一挑，便撥開了夏侯離手中的峨嵋刺，這一次，張郃不給夏侯離任何逃跑的機會，劍影飄蕩，劍招層出不窮，一招招的將夏侯離全身罩住。

夏侯離被張郃逼得無法還手，手中兵器盡失，除了用敏捷的身手來避開對方的攻擊外，已經別無他法了。這不由得讓夏侯離吃了一驚，本以為自己能夠完全將張郃壓制住，沒想到還是低估了張郃的實力。

就在這時，劍網突然散開，一隻大手直接向夏侯離的胸前抓來，這一次，夏侯離措手不及，等到要進行躲閃時，已經被張郃抓住。

張郃一把抓住夏侯離的胸襟，臉上浮現出一絲笑容，猛地向前一扯，由於用力過猛，直接抓爛了夏侯離胸前的衣服，一片白花花的春光登時乍洩開來，在夏侯離的胸前，竟然有一道若隱若現的鴻溝。

「啊……」夏侯離急忙捂住胸前，大聲尖叫道：「下流！」

張郃登時傻眼，看了一下手中抓著的衣服碎片，居然有一小半是紅色的，那上面還有著一團繡花，像極了女人的肚兜，而且淡淡的芬芳撲鼻而來，直入心脾，不禁失聲道：**「你是女的？怪不得剛才我感覺你的胸口會那麼軟……」**

夏侯離見張郃占了便宜還賣乖，好不懊惱，衝著張郃大聲喊道：「張郃，我跟你沒完！」

話音一落，夏侯離縱身一躍，躍上樹幹，幾個起落，便消失在樹林中。

張郃再次看了一眼手中的肚兜，還一直不敢相信，自言自語地道：「怎麼會是個女的？」

來不及多想，張郃從地上撿起腰力劍、峨嵋刺，這才急急忙忙跑出了樹林。

剛出樹林，他便看到大批魏軍渡過了柳子河，夏侯淵正在垣雍城下指揮魏軍強攻城池，已經挖好的陷馬坑裡，也被魏軍的士兵塞滿了。

陳到站在城頭上持劍指揮燕軍士兵戰鬥，滾石、擂木、箭矢不斷的砸下，而魏軍卻一如既往的扛著攻城用的雲梯向上攀爬，而在城牆兩翼，魏軍的弓弩手向城牆上不斷的射擊，漸漸地壓制住了城牆上的守兵。

與此同時，魏延、褚燕的兩部軍馬也被魏軍逼到了城中，而潘翔所帶領的人也在向城中集結。

張郃看了，眉頭不禁皺了起來，急忙爬上樹枝，站在樹幹上眺望。

但見魏軍只攻打垣雍城的東門，其餘三個城門卻沒有人去攻打，暗想道：

「夏侯淵只攻打一個城門，留著其他三個城門不攻，也並不做包圍之勢，到底意欲為何？」

形勢緊迫，北面的樹林已經著起了大火，大火被大風這麼一刮，很快向四周蔓延了出去，張郃看到大火的火苗不斷地向垣雍城靠近，恍然大悟，急忙跳下樹幹，以最快的速度向前跑著，剛好看見十幾名魏軍的騎兵從柳子河那邊蹚了過來。

他埋伏在路邊，等到魏軍的騎兵從身邊經過時，急忙射出那兩枚撿來的峨嵋刺，兩個魏軍騎兵頓時墜馬。

其餘騎兵見了，紛紛勒住馬匹，向峨嵋刺射來的方向看了過去，卻見張郃舉劍殺來。

張郃沒有披甲，只穿著一身勁裝，加上魏軍騎兵根本不認識張郃，把張郃當成普通士兵對待，紛紛驅馬挺槍，向張郃刺了過去。

張郃揮舞著手中的精鋼長劍，一個接一個的砍翻了前來攻擊他的騎兵，十幾名騎兵只短短一會兒時間便被殺死。

他插劍入鞘，撿起一桿長槍，翻身騎上馬，同時將那十幾匹戰馬一起帶走，朝著垣雍城奔馳而去。

垣雍城上，陳到手持雙刀，一邊砍殺著順著雲梯攀爬城牆的魏軍士兵，一邊在躲閃魏軍箭矢的縫隙中大聲喊道。

「放箭！」

一聲令下，城牆上七百名連弩手不停的扣動著弩機的機括，成百上千支弩箭暴射激飛，透體而過！近距離弩射的威力絕非常人可以想像，穿透力極強。

剎那間，在城牆下面的數百具血肉之軀好像被刺漏的水袋，軟軟地癱倒，黏稠的鮮紅色液體從他們身上的小孔中噴湧而出。

這時，剛剛退到城中的魏延、褚燕上到城樓，捂著兵刃便立即投入戰鬥，**沒有多餘的語言，只有無休止的殺戮。**

魏軍的雲梯被架在垣雍城的城牆上，隨即又被燕軍的士兵給推了下去，兩軍的士兵就在這樣反覆的動作中比拼較量著。

戰爭一開始，許攸便躲在門樓的門柱後面，緊緊地靠著門柱，嘴裡不停地念道：「為什麼？為什麼會這樣？夏侯淵怎麼可能會看破我的計策？」

喊殺聲不斷的響起，鼎沸的聲音遮蓋住一切，鮮血染紅了這片城頭，不斷倒下去又爬上來的士兵密密麻麻，像是源源不斷的流水一樣。

夏侯淵騎在馬背上，略顯得焦急的他有點不耐煩了，看到負責第一波攻城的三千士兵已經所剩無幾了，城牆邊的屍體堆積如山，血流成河，很快形成一個令人作嘔的血色泥沼。

天色逐漸黯淡下來，幾道身影從遠處不斷的向夏侯淵處跳躍了過去，起起落落間，所有見到的人都主動讓開了道路。

「咻！」人影落在夏侯淵的身邊，單膝下跪，面朝黃土，向夏侯淵稟告道：「將軍，屬下無能，未能完成任務，請將軍責罰。」

隨後，又有兩道身影也同時落在夏侯淵的身邊，盡皆單膝下跪，不敢抬頭，並且愧疚的說道：「屬下無能，請將軍責罰！」

夏侯淵看了一眼跪在自己跟前的三個傑出的年輕人，見他們三人身上都有打鬥時留下的痕跡，便說道：「夏侯離、曹真、夏侯恩，你們已經盡力了，本將不怪你們。張郃、魏延、褚燕盡皆燕軍大將，你們能以一百人小隊將其攪亂，並且逼回城中，已經是一種勝利了。虎衛軍可有死傷？」

夏侯離、曹真、夏侯恩三人互相對視一眼，齊聲道：「請將軍責罰！」

夏侯淵擺擺手道：「算了，如果真要責罰你們，連十個腦袋都不夠砍的。你們帶著各自的部下，散開到大軍的兩翼和後面，密切關注敵軍的動向。這邊的戰鬥已經打響了，我們必須爭取為大王贏得時間，能否消滅燕軍主力，全在今夜一戰！散！」

話音一落，夏侯離、曹真、夏侯恩「諾」了聲，隨即身影一晃，便消失在夏侯淵的面前。

「將軍，張郃已經進入城裡了。」夏侯淵的部將鄧白策馬跑了過來，抱拳道。

夏侯淵笑道：「很好。開始行動，圍三缺一，一鼓作氣，攻下垣雍城！」

「諾！」

命令一經下達，文稷、鄧白便各自帶領著早已準備好的步兵開始向城南、城北移動。

夏侯淵則靜靜地騎坐在馬背上，抬起手便叫道：「讓神行軍隨時做好準備，城破之後，便隨我一同前進。」

「諾！」

夏侯淵看著為爭奪城牆而浴血奮戰的雙方士兵，內心湧現出一種莫名的激動，暗想道：「大王和徐軍師果然料事如神，不知道大王對我的表現有何評價？」

張郃從城外趕了進來，一進城便聞到從西北方向飄過來的滾滾濃煙，垣雍城的城西外面更是火光一片。

正所謂當局者迷，旁觀者清，剛才在外面，他站在樹上看清了一切，見西北方大火燒起，夏侯淵只攻打東門，使得燕軍所有兵力全部集結在東門作戰。他當時沒有猶豫，斬殺了十幾名魏軍的騎兵後，便帶著馬匹奔回了城裡。

他策馬來到東門，空氣中充斥著血腥味，而西北方向的大火也越來越旺了，讓他擔心的是，垣雍城北門外的植被全是荒草，一旦大火借助風勢刮了過來，大火很可能蔓延到城裡來。

剛到東門的城門邊，張郃便對等候在城門邊準備上城頭作戰的士兵大聲喊道：「讓開！」

士兵們見張郃衝了過來，紛紛讓開了一條道路。

張郃到了城門邊，上了幾步臺階，便轉身指著其中在等待的兩名軍司馬道：「你火速帶領部下增援南門，你立刻帶領部下將糧草裝車，全部集結在西門口，隨時等候我的命令！」

「諾！」

張郃轉身上了城樓，一眼便看見許攸躲在門柱的後面，便道：「軍師，此地不宜久留，請軍師速速下城樓，在西門等候。」

許攸道：「張將軍，我的計策天衣無縫，為什麼會被夏侯淵看破？是不是中間出了什麼紕漏？」

「此刻已經來不及多想了，事已至此，還請軍師趕快離開，否則大火蔓延到了城裡，誰也別想活！」張郃急忙轉身，對身邊的幾個人說道：「護送軍師離開此地，在西門等候。」

幾個士兵立刻帶著許攸下了城牆，朝西門趕去。

此時此刻，陳到、魏延、褚燕三個人各自率領著部下在城頭奮戰，張郃見狀，也立刻參加了戰鬥，手裡提著那把鋼劍，立刻衝了過去，砍翻了一個登上城牆的魏軍士兵，同時抬起腳便將雲梯給踹翻。

「三位將軍請速速離開此地，這裡交給我，你們到西門集結，等糧草一到，便立刻向卷縣縣城撤離，同時放出信鴿，飛鴿傳書給駐紮在卷縣縣城的荀諶，讓他準備迎戰敵軍，將糧草全部藏匿起來。」張郃一邊殺敵，一邊喊道。

陳到急忙問道：「張將軍，出什麼事了？」

「別問那麼多了，**我們上當了，這一切都是一個局，是一個別人早就布好的局。**」

自從虎衛軍出現的那一刻，張郃的心裡便隱約感到有一絲不尋常，因為他聽卞喜說過，虎衛軍是用於保護曹孟德的神秘部隊，一般情況下都藏在暗處，只有當曹孟德遇到危險的時候才會出現。

通常虎衛軍不會脫離曹孟德，就像他身邊的兩個虎衛軍將領一樣，無論如何總有一個待在身邊，時時刻刻保護曹孟德，現在**虎衛軍的突然出現只有一個合理的解釋，那就是他們是跟隨著曹孟德來的。**

張郃一想到這個原因，不管自己的推測是否屬實，他都有必要迅速撤離垣雍城，雖然垣雍城是卷縣縣城的一道屏障，但是他們已經處在別人早已布下的局裡，再這麼折騰下去，只會損兵折將，**與其把兵力耗費在已經毫無勝算的地方，不如暫時抽回，在卷縣縣城配合留守的大軍再與敵人決一死戰。**

陳到、魏延、褚燕知道張郃的性格，聽到張郃下了撤退的命令後，二話不說，立刻下了城樓，只留下張郃一個人帶領部下守在城樓上。

此時，迂迴到垣雍城南、北二門的魏軍也展開了攻擊，三門同時受到魏軍的圍攻，兵力分散的燕軍頓時感到一股壓力。

「將軍，你快走吧，這裡交給屬下就可以了。」張郃的部將潘翔意識到事情的危險，便對張郃說道。

張郃道：「我是主將，不能就此撤離，必須堅守陣地。」

「正因為將軍是主將，才更應該帶領將士們撤離，現在也只有將軍才能穩定軍心了，何寧已經戰死了，我潘翔自從跟隨將軍以來，這條命早就屬於將軍，這裡交給我駐守，請將軍率領大隊人馬儘快撤離。」

張郃皺起眉頭，看著潘翔那剛毅的面孔，重重地點了點頭道：「保重！」

說完，張郃便下了城樓，東門的城牆上給潘翔留下一千士兵，騎上馬背，帶著其他部下朝西門跑了過去。

垣雍城下，夏侯淵看到城牆上的陳到、魏延、褚燕都消失了，而且張郃也走了，嘴角露出笑容，道：「傳令下去，讓文稷、鄧白把軍隊帶回來，全力攻打東門。」

傳令兵聽後，立刻傳達了夏侯淵的命令。

柳子河東岸的密林裡，曹孟德騎著絕影馬，身邊環繞著典韋、曹洪、曹休三將，笑道：「妙才真是不負厚望，已經完全將燕軍迷惑住了。不過，燕軍的反應太快了，這一點倒是出乎我的預料，張郃果然有大將風範。典韋，將虎衛軍全部召回！」

「諾！」

典韋隨即拿出一片樹葉，放在嘴裡吹響，發出特別的聲音，吹響一陣之後，他便收起了樹葉，對曹操說道：「大王，我們回去嗎？」

「不，大營那邊已經安排妥當，只要高飛敢進攻，必敗無疑，而且有徐庶、劉曄、曹仁、夏侯惇在，足以對付疲憊的燕軍。現在，燕軍的藏糧之地不明，雖然知道在卷縣縣城一帶，但是那裡那麼大，不容易找到，還是讓燕軍幫我們找出來吧！曹洪，你去頂替妙才指揮部隊攻城，讓妙才出動神行軍，先張郃一步抵達卷縣縣城，如果能找到糧草屯積之地就一把燒了，如果沒有找到，就攪亂燕軍，讓其陷入混亂。」曹孟德道。

「諾！」曹洪拍馬舞刀，快速地渡過柳子河，傳達曹孟德的命令去了。

夏侯淵騎著馬正指揮著戰鬥，曹洪忽然跑到跟前，他急忙問道：「子廉來此何干？」

曹洪拱了拱手，道：「妙才，大王令你率領神行軍現在就出發，務必趕在張郃的前面進入卷縣縣城，盡可能找到燕軍的囤糧之所，如果找不到，也要把那裡弄得雞犬不寧。」

夏侯淵嘿嘿一笑，說道：「我懂了，子廉就來指揮戰鬥吧，我走了。」說完，夏侯淵將手中的大刀高高舉起，大聲高呼道：「神行軍跟我走！」

話音一落，三千名早已經準備妥當的神行軍士兵，便跟隨著夏侯淵脫離了大軍。

曹洪接替夏侯淵指揮攻城的戰鬥，一經接手，便一馬當先的衝了過去，大聲喝道：「全軍衝鋒！」

一聲令下，原本只在後面觀戰的士兵也開始向前衝去，一股腦的到了城牆的下邊，搭起雲梯向上攀爬，弓箭手則朝城牆上射擊，壓制住在守城的潘翔。

曹洪策馬來到城牆下面，直接跳下馬背，從一個士兵的手中奪過一個盾牌，同時抽出自己的腰刀，衝城牆下面密密麻麻的士兵喊道：「疊人龍！」

一聲令下，原本雜亂無章的士兵瞬間集結在一起，組成了一個由低到高的梯形人牆。

曹洪二話不說，縱身一躍，踩著那已經組建好的士兵的背部，便朝前衝，衝到一半時，再縱身躍起，便站到高高的雲梯上面，然後借助雲梯的彈力再刺上躍，整個人跳上城頭，揮舞著手中的腰刀，連續砍死了幾個前來攻擊的燕軍士兵，成為魏軍第一個登上城牆並且占領了一席之地的人。

潘翔見曹洪登上城牆，並且在那裡殺出一番地方，二話不說，直接朝著曹洪殺了過去。

曹洪刀法精湛，揮舞著盾牌進行遮擋，演繹著刀和盾之間完美的結合。他見潘翔攻了過來，心中一凜，立刻改變攻擊的方向，朝潘翔迅速的砍了過去。

潘翔功夫不弱，可是戰鬥的時間太長，體力消耗太大，加上曹洪的功夫遠遠高過他，在曹洪的一陣快攻之下，遮擋不及，一條臂膀直接被曹洪砍斷，鮮血噴湧而出。

曹洪見潘翔斷臂，連叫都沒有叫一聲，心中不禁暗暗驚奇，可是敵人就是敵人，何況潘翔又是敵軍首領，他非但沒有減輕攻擊的力道，反而又加強了，力求三招之內結果了潘翔。

「砰！」曹洪一刀猛劈了下去，奈何用力太大，自己手中的刀和潘翔的刀碰在一起，立刻斷成了兩截。

突發狀況之下，曹洪沒有顯得半點慌張，他很清楚，燕軍的武器和裝備都很精良，是以刀斷了，他依然舞動著那把斷刀，又是三招快攻，見潘翔行動緩慢，看準時機，一刀便砍中潘翔的頭顱，一顆人頭直接飛了起來，同時順勢奪下了潘翔手中的鋼刀，繼續廝殺。

由於曹洪在城牆上殺出了一塊地方，陸續攀爬上來的魏軍士兵也加入了戰圈，使得所占領的地方越來越大，最後，魏軍士兵逐漸登上城牆，依靠人海戰術將已經戰到疲憊的燕軍士兵盡皆屠戮。

曹孟德遠遠地眺望著垣雍城的戰鬥，看到曹洪身先士卒登上城牆，並且奪取了城牆，微笑道：「子廉驍勇異常，真是本王之福。」

不多時，垣雍城的城門被曹洪給打開了，大批的魏軍湧入了城中，但是張郃帶著人早已離去。

曹孟德騎著馬，在典韋的保護下來到城牆邊，還沒有進城，便看見西北方大火衝天，濃煙滾滾，加上風勢的勁頭，擔心火勢竄到城中，便直接下令道：

「傳令下去，任何人不得進城，另選一萬勁卒，隨我一起追擊敵軍，直搗燕軍囤糧之地。」

張郃、陳到、魏延、褚燕、許攸，帶著從垣雍城敗退下來的軍隊，用馬匹拉著糧食在前面走，張郃、魏延率領一千士兵殿後，由於道路不是很暢通，所以裝載糧食的車輛通行的不是那麼迅速，大大地阻礙了士兵撤退的速度。

「張將軍，這樣下去，十分不妙，敵人很快就會追上來的。不如暫時拋下糧食，我們輕裝前進？」褚燕見撤退緩慢，來到後軍對張郃說道。

「不行！如今天下兵鋒四起，盜賊猖獗，百姓流離失所，許多良田已經荒蕪，這些糧食雖然少，可也是百姓辛辛苦苦種植而出，除了燕國的糧食價格還算穩定外，中原、關中的糧食都已經到了很高的價錢，我們不能拋下糧食，必須全部帶回。要知道，這些糧食可以拯救成千上萬的百姓啊！」張郃一臉正色的說道。

魏延為難道：「將軍，可是這樣下去，我們還沒有回到卷縣，魏軍就追上來了，魏軍人多勢眾，一旦被追上，那我們就無法將糧食運回了。」

張郃何嘗不知道這一點，可是糧食對於燕軍來說十分重要，如果就這樣丟給魏軍，那不是拱手相送嘛。

張郃正在思慮間，陳到從前軍來到了張郃的身邊，恰好聽到剛才兩人的對話，便對張郃說道：「張將軍，不如暫時將糧食藏在隱秘處，等我軍反擊的時候，再來尋找不遲。」

「喀喇！」

一聲巨響從前軍傳了出來，隨後運糧的車隊停了下來，一個士兵急忙跑了過來，抱拳道：「啟稟各位將軍，一輛運糧車突然斷裂，糧食撒了一地，斷裂的糧車阻礙了後面的道路，還請將軍定奪。」

「真是禍不單行！」張郃恨恨地說道：「傳令下去，令所有騎兵下馬，將糧食放到馬背上，一個騎兵牽著一匹馬，馱著糧食迅速撤離，剩餘的糧食讓士兵一人背一袋。文長，你和我帶領後軍一千人留下殿後。」

「諾！」

陳到道：「張將軍，我們帶回來的軍隊只有五千多人，就算一個人背一袋糧食，也無法將糧食背完，還會剩下一些，那剩下的糧食怎麼辦？」

「只能丟棄了，不過，我也要用到正地方。叔至，你和褚將軍帶著部隊先走，剩下的糧食就交給我處理。」

陳到尋思了一下，問道：「張將軍，莫非你想用糧食伏擊魏軍？」

張郃道：「嗯，能抵擋魏軍一些時間，也給你們創造更多的時間，叔至，請你快帶人走吧，事不宜遲。」

褚燕道：「既然如此，我也留下，多一個人，就多一份力量。」

張郃道：「那好吧。」

於是，大軍一分為二，張郃帶領魏延、褚燕和一千名步兵留下，陳到帶領剩餘的士兵帶著糧食朝回走。

第八章

一鳴驚人

曹昂聽了，覺得心裡舒服多了，便道：「那你說我該怎麼辦？」

曹休道：「大公子，君子報仇，十年不晚。按輩分來說，曹洪怎麼說也是長輩，大公子應該隱忍，正所謂小不忍則亂大謀，大公子可曾聽說過一鳴驚人的故事？」

果然，陳到能帶走的糧食有限，還剩下幾百包糧食。

張郃看著那些糧食，雖然覺得有點可惜，可為了阻礙魏軍前進的步伐，也只能出此下策了。於是，命令人將糧食和那些不能用的車輛全部堆積在一起，塞滿了整個道路，前後綿延出一里多地。

魏延、褚燕各自率領三百人從附近的林子裡找來一些易燃的物體放在身邊，並且準備好火摺子，準備隨時點火。張郃則率領四百人分散在道路中間，假裝搬運糧草，以吸引敵人的目標。

「張將軍，你這樣做，實在太明顯了，不足以讓魏軍上當。」許攸不知道何時從張郃的背後冒了出來。

張郃吃驚地扭過頭道：「許軍師，為什麼你沒走？」

許攸道：「我留下來助你們一臂之力，你這樣的安排太明顯了，明眼人一眼就看出來你想要做什麼。」

張郃問道：「那軍師說該如何辦？」

「現在還來得及，請張將軍帶領士兵抱起糧食後退兩里，然後讓人把這裡的車輛給點燃了，敵人肯定會以為我們這樣做是故意阻礙他們前進。所以，撲滅火勢後，必然會窮追不捨。然後，再讓士兵割開幾袋糧食，讓糧食灑滿一地，從這裡一直延續到後面埋伏的地方，再把糧食放在道路中間，下面用易燃的樹枝、荒草墊著，軍隊全部埋伏在道路兩邊，如此才能狙擊魏軍追擊的前隊。」許攸指揮道。

張郃想了想，覺得許攸說得很有道理，便道：「好，就這樣辦。」

於是，張郃讓士兵按照許攸的話去做，點燃了車輛，一條火龍便在道路上顯現了出來，張郃等人則全部撤離到後面兩里的地方予以埋伏，先將易燃的物品墊在路上，然後將糧食灑在上面，最後再用成包的糧食堆積，做出雜亂無章的樣子。

一切準備就緒，魏延帶領四百人藏在道路的左邊，褚燕帶領四百人藏在道路的右邊，張郃、許攸則帶領兩百人藏在距離魏延、褚燕稍遠的地方，只等著魏軍的到來。

曹洪騎著馬，帶著五百騎兵和兩千步兵，迅速地追了上來，忽然看見前方道路著了火，而且地上灑著糧食，立刻明白這是運糧的車，笑道：

「都到這個節骨眼上了，燕軍居然還不忘記帶走糧食？快撲滅火勢，燕軍肯定沒走多遠，我們追上去將其斬殺乾淨！想用這樣的方法來阻止我的前進，沒門！」

魏軍的士兵在曹洪的命令下迅速撲滅了擋住道路的火勢，隨後移開障礙物，狹窄的道路也得以為之通行。

「前進！敵人就在前方，不抓到敵人，誓不甘休！把你們的勇氣都拿出來，跟著我一起追上去，一鼓作氣，直搗敵人的老巢！」曹洪揚起馬鞭，激情澎湃地說道。

兩千五百名先頭部隊迅速向前奔跑，走不多遠，曹洪便看見地上灑落著一地的糧食，彎彎曲曲的朝前延伸了好遠。

他的臉上浮現出笑容，興奮地說道：「真是天助我也，只要跟著敵人灑落的糧食，定然能夠找到敵人的屯糧之地，如此一來，說不定要比夏侯妙才更早找到糧食。」

話音一落，曹洪一馬當先，招呼著背後的士兵跟著那條糧食的路線向前走。

天色完全黑了下來，曹洪命人拿著火把在前面開路，走不到兩里路，曹洪赫然看見路中間堆積著一堆糧食，急忙勒住馬匹，說道：

「哈哈，這肯定是燕軍背著糧食太累了，實在扛不動了，便扔在這裡減輕負擔。既然如此，這些糧食可不能浪費，我軍一直處於缺糧狀態，留下五百人收集糧食，其餘的人全部跟我走，繼續追擊。」

說完，曹洪先讓人去搬開擋住道路的糧食，他自己則跳下馬來，從親兵的手裡拿過一個水囊，先喝了口水。

忽然，箭矢從兩邊的道路上射了過來，立刻射倒一批正在搬運糧食的士兵，緊接著，不等魏軍的士兵反應過來，魏延從左邊帶著人殺了出來，褚燕從右邊殺出來，張郃則從正前方殺了出來，同時大聲呼喊著。

曹洪大驚，扔下水囊急忙翻身上馬，看到亂糟糟的部下，急道：「別亂別亂，給我穩住！」

此時正值黑夜，加上天空中沒有月亮，道路兩邊又都是茂密的樹木，由於樹葉的遮擋，使得這條道路上黑漆漆的，燕軍突然殺出，讓魏軍搞不清楚到底有多少敵人，只覺得燕軍的喊殺聲到處都是，彷佛有成千上萬一樣。

「別慌！敵人這是在虛張聲勢，熄滅火把，全軍集中，穩住陣腳……」

「嗖！」一支箭矢從黑暗中飛了出來，筆直地朝曹洪的心窩射去。

曹洪正提著馬韁，座下馬匹也因為燕軍的驟至而變得躁動，身體一直在不停晃動，當他感覺到有一股凌厲的力道朝他飛來時，已經來不及躲閃。

噗！一聲悶響，箭矢穿透了曹洪身上披著的鐵甲，箭頭直接插進身體，鮮血直流。不過，好在他的座下戰馬不太安分，那支本來射向他心窩的箭矢射偏了，插進他的左臂。

曹洪叫都沒有叫一聲，當下揮刀斬斷了箭矢的尾部，同時跳下馬背，與士兵緊緊地貼在一起。

此時，魏軍的火把已經全部熄滅，整個林間小道一片黑暗，喊殺聲也逐漸停止，魏軍緊緊地貼在一起，目不轉睛地盯著四周。

「嗖嗖嗖……」

又是一波箭矢從黑暗中射了出來，站在最外圍的魏軍士兵登時倒下一片，一些被箭矢射傷的也大叫不已。

曹洪被擠在中間，豎起耳朵，從慘叫聲中聽出燕軍的大致人數，立刻大聲叫道：「他娘的，燕軍最多只有一千人，都藏身在兩邊的樹林裡，給我殺！殺死一個敵人，本將每人獎勵三百五銖錢！」

魏軍一聽到有獎賞，立刻來了精神。

他們都很清楚，曹洪在魏國可以說是很富裕的人。曹洪自己是將軍，還在昌邑城裡兼職開設許多商店，專門弄些米糧、布帛來賣，低價購進，高價賣出，賺取中間的差額，加上這兩年中原大旱，百姓的收成不好，更加促使了糧食的漲價。使得他光靠賣糧食給那些有錢的富紳，就賺了很多錢。

不過，曹洪這個人卻很吝嗇，可以說是鐵公雞，一毛不拔，除了對曹孟德、曹仁以及自己的家人比較大方點，其餘的人都甭想在他這裡討上什麼好處。

曹孟德的兒子曹丕今年才三歲，有一次跟隨哥哥曹昂去曹洪家玩，因為調皮貪玩，不小心打爛了曹洪心愛的東西，曹洪知道後，當場便對曹丕一番怒斥，同時斥責曹昂不會管教弟弟，一怒之下，失手打了曹昂一巴掌。

也因為如此，曹昂、曹丕多次在曹孟德的面前說曹洪的壞話。曹孟德聽在耳裡，只是一笑置之，非但沒有責怪曹洪，反而說曹昂、曹丕的不是，使得曹昂、曹丕對曹洪越來越厭惡了。

所以，曹洪這一開口，對這些瞭解曹洪習性的士兵來說，絕對不是個小數目。魏軍士兵一聽到有錢拿，都樂開了懷，紛紛向道路兩邊的樹林裡衝了過去。

可是，當魏軍士兵衝到樹林裡時，卻沒有看見任何一個燕軍士兵，好像燕軍士兵就這樣消失了一般。

「將軍，樹林裡沒有燕軍啊？」軍司馬跑到曹洪的身邊稟告道。

曹洪怒道：「胡說！剛才還在攻擊我們，怎麼可能一眨眼就不見了？一定是你們不用心，給我找！掘地三尺，也要把燕軍給我找出來，點上火把找！」

士兵們不敢違抗，就在大家都在暗自納悶點燃火把的時候，道路通往卷縣縣城的方向，忽然亮起了火光，張郃、魏延、褚燕帶著燕軍一起拉開弓箭，箭頭上點著了火，朝曹洪他們所在的地方射了過去。

曹洪見狀，大叫不好，翻身上馬，大喝一聲，立刻朝後面跑了過去，叫道：「快撤！」

點點火光掉落到路中央的糧食堆裡，立刻點燃了鋪在下面的易燃物，火勢直接燒著了，然後迅速的向四周蔓延。也不知道燕軍用了什麼作為易燃物之間連接的導火線，火勢一經燒著，便很快蔓延開來，不一會兒便形成一條火龍，並且朝著道路兩邊的樹林裡燒了過去。

當曹洪策馬奔跑出好遠時，背後便傳來士兵痛苦叫喊的聲音，而且周圍也被火光照得通亮，他一回過頭，便看到兩邊燃起了熊熊的大火，一些還來不及跑出來的士兵，完全被大火包圍住了。

「可惡！可惡！」曹洪恨得牙根癢癢，大聲地叫道：「快救人啊，還愣在那裡幹什麼？」

魏軍的對面，張郃的嘴角揚起一絲笑容，對魏延、褚燕說道：「幸好車輛上有一些食用的油，剛好派上用場，否則的話，我們也只能阻止魏軍一小會兒。這場大火，看來能夠阻擋魏軍好大一會兒了。我們走，趕緊回去，好準備一下，迎戰魏軍。」

說完，張郃便帶著人走了。

當曹孟德率領大軍追上來的時候，看到曹洪受傷，兩千五百名先頭部隊損失了七八百人，其中絕大部分是被大火燒死的，而且衝天的火焰逐漸蔓延開來，阻斷了魏軍前進的道路，便皺起了眉頭，對曹洪道：

「你是怎麼辦事的？我讓你一路上萬事小心，你偏偏不聽，輕易冒進也就算了，居然還損兵折將，你……你……你貽誤了戰機，該當何罪！」

曹洪自覺一臉的羞愧，跪在地上，抱拳道：「曹洪知罪，請打我責罰！」

「父王，曹洪貽誤了戰機，損兵折將，阻礙了父王的完美計畫，兒臣以為，不殺不足以平民憤！」

這時，突然從曹孟德的身後竄出來一個騎著白馬的少年，那少年面如冠玉，年紀不過十一二歲，但是看人的眼睛卻很陰毒。

曹洪聽後，抬頭看了一眼那個少年，臉上便顯出一絲不悅，心中暗想道：

「曹昂這個臭小子，怎麼那麼心狠手辣，再怎麼說，我也是他的族叔，他居然……」

曹孟德聽後，甩手便給了曹昂一巴掌，怒道：「本王說話，哪裡有你插嘴的份？子廉乃我心腹愛將，何況就算他貽誤了戰機，也罪不至死，給我滾到一邊去！」

曹洪低下頭，一臉洋洋得意的樣子，心中想道：「活該！老子救過你爹的命，沒有我，就沒有你爹，你居然想讓你爹殺我？做夢！」

曹昂捂著火辣辣的臉，一臉的委屈，惡狠狠地看著曹洪，憤然離去。

曹孟德對曹休道：「你派人護送子修回昌邑，沒有我的命令，不准再讓他出來！」

「諾！」曹休道，便帶著人去護送曹昂了。

曹孟德看了眼跪在地上的曹洪，道：「子廉，你且起來，怪只怪張郃太會用兵了，即使處於落敗的形勢，還不忘記伏擊，真是一個將才。」

曹洪站了起來，抱拳道：「多謝大王。」

曹孟德笑道：「子廉，雖然你之前有過許多功勞，但是這次你確實是阻礙了本王的計畫，為了向全軍將士有個交代，本王不得不罰你。這樣吧，暫且把你降為屯騎校尉，另外，罰錢一千萬，算是贖回你的命了。你覺得怎麼樣？」

曹洪本來還以為自己沒事，聽到曹孟德要將他降級，也覺得沒有什麼，心想：「降級就降級，反正以後用到我的時候，還會升我為將軍，又損失不了什麼。」

可是，當他聽到曹孟德要罰他一千萬錢的時候，整個人就懵了，愣在那裡，道：「大王，乾脆把我降為步卒算了，至於錢嘛，就別罰了吧。」

「真是一個鐵公雞！」曹孟德心中不爽道。

不過，他沒有表現出來，依舊一臉的和藹，指著那些在大火中喪生的將士說道：「這些人都因為你而死，如今我國軍費開支太過龐大，收支嚴重不平衡，加上去年中原大旱，使得我軍連糧草供應都難，所以，我才會想到先奪燕軍的糧草以自用，能帶走多少就帶走多少。子廉，你家裡比較殷實，在昌邑城中也是一個大戶，論財力，本王都遜色於你，只讓你出錢一千萬，已經是很便宜你了。」

「可是……」曹洪極不願意地說道。

「就這樣定了，軍法如山，誰人再敢多言，格殺勿論！」曹孟德臉上一黑，突然說道。

曹洪真是心如刀割，剛才雖然他喊了殺一個人給三百錢的口號，但是他也只是喊喊，提升一下士氣而已，並沒想真給錢。可是現在曹孟德都說話了，讓他給一千萬，好傢伙，真是獅子大開口。可是這個錢，他又不得不出，別說讓他給一千萬，就是傾家蕩產，他也要給的，畢竟人家是大王，而且他的生意還是在人家的庇護下去做的。

他狠狠心，咬了咬嘴脣，抱拳道：「臣遵命！」

於是，魏軍便坐在那裡，靜等著火勢熄滅後才前行，對於曹孟德來說，他並不擔心，因為夏侯淵的神行軍已經走在張郃的前頭，估計會很快抵達卷縣縣城。

曹昂獨自一人騎著馬，滿臉怒意的走在夜裡的道路上，一邊恨恨地罵道：「父王居然為了一個外人打我……都怪曹洪，等著吧，等我長大了，一定要和子桓一起對付你……」

「大公子……大公子……」

曹昂勒住馬匹，回頭望了過去，等來人走近，他見為首一人是曹休，便板著臉，問道：「喚我何事？」

曹休道：「大公子，大王讓我派人來保護大公子，並且送大公子回昌邑。」

「哼！父王對我如此，我不需要保護，你們走吧。」

曹休比曹昂年長好幾歲，見曹昂如此生氣，便勸慰道：「大公子不必如此，剛才大王也是逼不得已，曹洪乃大王救命恩人，又是軍中的重要人物，豈能說殺就殺？大公子的事我都聽說了，曹洪就是個一毛不拔的人，大公子又何必和他一般見識呢？何況，大公子現在又沒有什麼權力，怎麼可以公然和曹洪作對呢？」

曹昂聽了，心裡頓時覺得舒服許多，便道：「那你說我該怎麼辦？」

曹休道：「大公子，君子報仇，十年不晚。按輩分來說，曹洪怎麼說也是長輩，大公子應該隱忍，正所謂小不忍則亂大謀，大公子可曾聽說過一鳴驚人的故事？」

曹昂道：「我自然聽說過，說的是春秋時楚莊王的故事。」

「嗯，那大公子就應該學學楚莊王，韜光養晦，暗中積蓄力量。自古以來，君王立嗣，都是立其長子，大公子是大王的長子，以後終究是要執掌魏國大權的。大王之所以能在群雄混戰中崛起，正因為大王的身邊有一批對大王忠心耿耿的文武跟隨，大公子為何不暗中培養自己的勢力呢？」曹休建議道。

曹昂聽了，豁然開朗，急忙說道：「你這話讓我深受啟發，可是，我應該去找誰呢？誰又肯聽我的呢？」

曹休笑道：「大公子以後就是王世子，如今大漢的天子都沒了，馬騰公然稱帝，大王稱帝也是早晚的事情，以後大公子就是太子，只要有點慧眼的人，都會主動依附大公子的。其實，如今跟隨大王征戰的，並非只有叔伯一輩的人，還有許多與大公子平輩的人，比如曹真、夏侯恩、夏侯離，這三個人很早就加入了虎衛軍，個個武藝高強，如果大公子主公和他們接觸的話，他們肯定會很樂意的為大公子效勞的。」

「那你呢？」曹昂問道。

曹休急忙翻身下馬，跪在地上，向曹昂叩首道：「如蒙大公子不棄，曹休願意從此以後跟隨大公子左右。」

曹昂哈哈笑道：「文烈，你起來吧，你的話我記住了。不過，現在我還沒有足夠的實力，我這次雖然是來鍛煉的，可是**當我看到真正的戰爭時，才知道自己的差距很大**，我要先回昌邑，加強武藝，並且向荀彧拜師，如果我沒有足夠的武力和智力，又怎麼能夠駕馭你們這些人呢？」

曹休聽後，站了起來，拱手道：「大公子，這兩個是我的親隨，就讓他們跟隨大公子一起回去昌邑吧，也可以保護大公子。」

曹昂看了眼曹休身後的兩個少年，說道：「好吧，從今以後，你們就跟著我吧。文烈，你可以回去覆命了，如果你有機會見到曹真、夏侯恩、夏侯離的話，請代表本公子向他們問候一下。」

曹休道：「文烈明白。」

曹昂話音一落，轉身便走。

「大公子一路保重！」

等曹昂消失在夜色中，曹休自言自語道：「以後，我定然要做魏國的大將軍，帶領千軍萬馬，奔馳在疆場上，大公子是讓我爬上這個位置的最理想的人。」

他跳上馬背，調轉馬頭，等他回到曹孟德身邊覆命時，火勢已漸漸減弱了，曹孟德便下令讓士兵進行滅火，過了好一會兒才將火勢消滅，然後大軍踏著那片燒焦的土地，直逼燕軍在卷縣的屯糧之地。

清晨，升起了薄薄的霧，從薄霧中傳來一陣陣急促的馬蹄和腳步聲。

荀諶站在卷縣縣城的城頭上向東望去，只見陳到從薄霧中走來，在陳到的身後，則是馬馱肩扛著糧食的一條長龍，從荒涼的土地上緩緩而來。

「快打開城門！」

荀諶看到這一幕之後，解除了城牆上的戒備，對身後站立著的士兵說道。

昨夜，他接到張郃從垣雍城送來的飛鴿傳書，說曹操大軍圍攻垣雍城，讓他及時做好戰鬥準備。是以，他召集了所有文武，連夜設置防線，加強巡邏。

荀諶下了城樓，剛打開城門，文蕊便從城裡騎著馬快速奔馳了過來。

文蕊翻身下馬，矯健的身姿顯示了她的身手，臉上顯得很是慌張，道：「啟稟軍師，都鄉一帶發現大批魏軍蹤跡，目前正朝北鄉而去。」

荀諶聽後，當下皺起了眉頭，急忙將陳到喚到跟前來，問道：「叔至，儁乂、文長他們呢？」

陳到回答道：「在後面負責攔截魏軍追兵，以張將軍只勇武，許軍師之才智，應當不會有什麼問題。」

荀諶道：「你目前身體如何？如果再讓你帶兵出戰，你還能否吃得消？」

陳到見荀諶眉頭緊皺，而荀諶身後的文蕊又一臉的慌張，便問道：「軍師，出什麼事了？」

荀諶道：「都鄉一帶發現魏軍蹤跡，正朝北鄉囤糧之所移動，我想請陳將軍帶兵攔截。北鄉靠近黃河河岸，我大軍所帶來的糧草因為運輸不便，暫時全部屯積在那裡，如果被敵軍發現，後果不堪設想。」

陳到當即抱拳道：「軍師放心，陳到這就帶兵去攔截敵軍。這一支魏軍能跑那麼快，肯定是夏侯淵的神行軍主力，陳到請求軍師撥給我五千騎兵前往北鄉。」

荀諶道：「辛苦陳將軍了，目前司馬朗率領一萬士卒駐守在北鄉，尚有兩千娘子軍在，如果再得陳將軍率領騎兵前往，定然能夠守住北鄉。」

陳到點點頭道：「軍師，請好生安排這些人，垣雍城失守，魏軍必然會以大軍撲向這裡，請軍師隨時做好戰鬥準備，儘量在此處拖住魏軍。」

「嗯，主公那邊也已經傳來消息，秦軍大敗，元氣大傷，公達、奉孝和眾將正帶領著俘虜朝這裡趕，主公則帶著一萬五千名精騎去攻擊魏軍大營了，陳將軍儘管放心去，縣城儘管交給我好了。」

話音一落，荀諶扭頭對文蕊道：「你隨同陳將軍一起去北鄉，告訴娘子軍，全部聽從陳將軍指揮。」

文蕊抱拳道：「諾！」

荀諶早已將五千騎兵準備妥當，直接撥付給陳到，陳到帶著五千騎兵連同文蕊一起，迅速朝北鄉奔馳而去。

而荀諶，一邊讓從垣雍敗退下來的士兵將糧食入城，一邊加強城防，並且挖掘陷馬坑、放置鹿角、拒馬，又在城頭上增加了好幾台連弩車和轉射機，就連弓弩所需要的箭矢也一股腦的從武器庫裡搬運到南北兩個城門邊，以迎接即將到來的一場惡戰。

不多時，張郃、魏延、褚燕、許攸等人帶著八九百人也回來了。

此時薄霧散去，荀諶站在城頭上，拿著望遠鏡向遠處眺望，看到張郃等人的身影後，便立刻下令打開城門，並且派出一名士兵前去引路，因為城門前的那片空地已經全部被他布置了陷阱，擔心張郃等人會不小心掉進陷阱裡。

望遠鏡自從被高飛發明出來之後，經過好幾次的技術改良，並且讓翰林院裡的能工巧匠加以製造，逐漸開始批量生產。

首先，望遠鏡是在海船上試用的，試用成功之後，高飛才開始讓人生產。雖然高飛想讓每個指揮官手中一人一個，但是工匠們製作這個東西並不在行，加上所需要的材料需要遴選，所以至今未能完成批量生產，只是集中在一些高級指揮官的手中罷了。

荀諶將張郃迎回城以後，先是詢問了一下狀況，然後安排張郃等人休息。畢竟張郃等人也是一夜未眠了，而又戰鬥多時，長途跋涉，累得很。

不過，大敵當前，張郃、魏延、褚燕、許攸都不敢休息，只讓士兵去休息，他們登上城頭，和荀諶站在一起，守備著這座縣城，靜靜地等待著魏軍的出現。

過沒多久，荀諶從望眼鏡裡面看見從官道上翩翩駛來寥寥幾個騎兵，立刻來了精神，說道：「敵人出現了。」

張郃聽後，迅速拿起望遠鏡，透過望遠鏡，他看見了一張熟悉的面孔，為首一人就是與他在垣雍城外交過手的夏侯離。不過，此時的夏侯離已經換上了一套新的衣服，不再是衣不遮體了。

夏侯離的背後跟著兩個同樣年輕的人，穿戴和夏侯離一模一樣，左邊是曹真，右邊是夏侯恩，三個人三匹馬，快速地向前奔馳著，後面卻沒有跟著任何士兵。

「是虎衛軍。」張郃注視著女扮男裝的夏侯離，緩緩說道。

「虎衛軍？是卞喜口中說的哪個神秘的部隊嗎？」荀諶問。

「是的。」張郃道：「據卞喜講，虎衛軍一直是貼身保護曹孟德的，絕不外派，既然他們出現在這裡，那就說明曹孟德也來了。」

「曹孟德？來得正好。我軍剛退回來，魏軍便隨後奔至，應該是魏軍挑選了精銳的健卒追擊過來的，這樣的話，魏軍的人數應該不多。如今城中一共有士兵兩萬人，足可以堅守城池。」荀諶道。

正說話間，忽然夏侯離、曹真、夏侯恩散開了，圍繞著城池奔跑了一圈後，又回到原點，最後調轉馬頭，從何處來，回何處去，很快便又消失在眾人的眼中。

「奇怪？他們想幹什麼？」褚燕不解地道。

「不管幹什麼，他們絕對不只有幾個人而已。如果我沒猜錯的話，領軍的那個人一定是曹孟德，而且來的人只多不少。只是我們暫時不知道他們為何不進攻而已，但是，請各位提高警惕，隨時做好戰鬥準備。」張郃說道。

眾人紛紛點頭。

離卷縣縣城三裡外的一片林子裡，曹孟德騎著絕影馬，站在隊伍的最前列，典韋、曹洪、曹休環繞周圍，再後面則是嚴陣以待的士兵。

當夏侯離、曹真、夏侯恩策馬歸來後，三人一起翻身下馬，徑直走到曹孟德的面前，跪地叩首道：「參見大王。」

「起來說話。前面情況如何？」

曹真答道：「啟稟大王，卷縣縣城只有南北兩個城門，現在兩個城門的守備都很森嚴，城牆四周的泥土有明顯翻動的跡象，定然是挖好了陷馬坑，除此之外，鹿角、拒馬環繞城池一圈。另外還有守城用的器械在城頭上駕著，顯得很是牢固。」

「嗯，與本王預料的差不多。我軍只有一萬，中途被張郃伏擊，損失八九百人，面對防守如此森嚴的城池，攻打起來肯定大費周章。夏侯淵在哪裡？」曹孟德先自言自語了一番，然後問道。

「據前次所收到的消息，夏侯將軍正在從都鄉趕往北鄉，說北鄉極有可能是燕軍的囤糧之地，按照時間推算，現在夏侯將軍應該已經抵達北鄉了。」夏侯恩回答道。

曹孟德聽了，當即叫道：「曹洪！」

曹洪道：「末將在！」

「本王帶著兩千騎兵去北鄉，剩下的全部留給你，你要設法儘量拖住卷縣縣城的燕軍，後續部隊陸續會抵達，到時候你一併指揮，千萬不可讓縣城中的燕軍去救援北鄉。」

曹洪道：「大王放心，屬下一定完成任務。」

曹孟德回身對部下道：「虎衛軍、虎豹騎，全部跟本王走！」

話音一落，立刻分成了兩邊，曹孟德帶著五百虎衛軍，一千五百名虎豹騎，繞過樹林，走小路，浩浩蕩蕩地朝北鄉方向而去。

曹洪則帶著大軍，向卷縣縣城逼近。

張郃、荀諶、魏延、褚燕、許攸等人站在卷縣縣城的城牆上，紛紛拿著望遠鏡眺望，可是再也看不見魏軍的蹤跡。正當他們準備放棄的時候，卻見左臂上纏著綳帶的曹洪一馬當先殺了出來，身後是魏軍的大軍。

「奇怪？曹孟德為何一直不現身？」張郃納悶地道。

許攸想了想，急忙說道：「不好，曹阿瞞肯定是分兵去了北鄉，留下曹洪是為了吸引我們的視線。」

荀諶道：「俊乂，叔至已經去了北鄉，我擔心他獨力難支，請你率領城中所有騎兵前去支援北鄉，務必守住北鄉，如果北鄉有失，那我軍將陷入無糧境地，在中原的十萬人都會餓死，也必然會失去角逐中原的機會。」

「那這裡一切拜託你們了，文長、褚燕，你們要肩負起重擔，一個人守衛一個城門，既然曹洪的目的是拖住我們，必然不會奮力進攻，你們只需堅守，不可出戰。」張郃道。

「諾！」

話音一落，張郃迅速下了城樓，調集了城內所剩下的三千騎兵，從北門快速的朝北鄉奔馳而去，一場關乎燕軍能否在中原立足的戰鬥，即將拉開帷幕。

黃河巨流一路奔騰而下，驚濤澎湃，掀起萬丈狂瀾；濁流宛轉，結成九曲連環。

然而，當河水抵達卷縣這一段的時候，卻變得相對平緩，常年累月沖積而成的一塊土地，也逐漸成為卷縣一個重要的組成部分。

北鄉，是卷縣最北端貼近黃河岸邊的地方，這裡方圓十幾里內，形成了一個扇形的淺灘。北鄉背靠黃河，東西是凸起的山丘，正前方是茂密的樹林，只有一條彎曲的小道通往這裡，也是從這裡通往外面的唯一道路。

如今，北鄉的土地上已經不再荒蕪，燕軍的大營在此紮下，士兵來回巡邏，四周箭樓林立，各種防禦性的器械圍繞著整個燕軍大營。

大營的最前面刀槍林立，弓弩齊備，顯得極為森嚴。

陳到站在寨門附近的箭樓上，手中拿著望遠鏡，注視著前往的一切，不管有什麼風吹草動，他都已經做好了準備，誓死也要守衛著燕軍的最後一道防線。

「將軍，主公帶走了七萬精銳大軍，至今未歸，而魏軍又突然殺了過來，單方面撕毀了燕、魏之間的合約，道理是擺在我們這一邊的，為什麼我軍不主動出擊，反而要堅守在這裡，處於被動地位？」站在陳到身後的司馬朗，不解地問道。

「此地乃我軍屯糧之地，若此地有所閃失，則我燕國大軍便會陷入無糧之地，必然會造成恐慌。如今我軍在明，敵人在暗，敵不動，我不動，以不變應萬變，方是上善之策。」

陳到雖然年輕，但是經過這一兩年的歷練，逐漸成為燕軍中頗具指揮能力的一個人，雖然總是給別人當副將，卻從中學習了不少經驗。

司馬朗雖然才智，卻不善於用兵，加上他太過年輕，涉世未深，對人間世事看得還不夠透澈，所以才會發出此問。

陳到放下望遠鏡，接著說道：「司馬參軍，主公曾說過，成者為王，敗者為寇，如今大漢的皇帝沒了，馬騰成了皇帝，那些稱霸各地的諸王們肯定不甘落後，魏王曹孟德被譽為亂世之奸雄，正好看準了這個時機，就算他公然撕破盟約，一旦他把我軍給打敗了，使得河北的土地上插滿了魏軍的大旗，天下人只會記得他的成就，而會忽略他的過失。司馬參軍，你覺得我說的對不對？」

司馬朗細細的想了想，說道：「對！十分的精闢！」

陳到笑了笑，衝站在箭樓下面的幾員女將喊道：「文蕊、黃舞蝶、喀麗絲！」

文蕊、黃舞蝶、喀麗絲三人早就等在那裡了，聽到陳到喚她們，便齊聲抱拳道：「將軍有何吩咐？」

陳到吩咐道：「文蕊帶領一千騎兵到東面的高地上去，喀麗絲帶領一千騎兵到西面的高地上去，你們兩個人一旦發現有什麼異常，或者有人進攻大營，便立刻率領騎兵俯衝下來。記住，不要暴露目標了。」

文蕊、喀麗絲都上過戰場，文蕊隨同父親文醜一起征戰過，喀麗絲也曾經在晉軍中有過出色的表現，兩人都有作戰的經驗，陳到一到這裡，便親自試過她們的身手，這才放心把騎兵分撥給她們指揮。

兩人聽後，一起拱手道：「諾！」

黃舞蝶一直靜靜地等著陳到的命令，誰知道陳到說完話，又拿起望遠鏡在那裡看著。

她見文蕊、喀麗絲都離開了，按捺不住問道：「將軍，那我做什麼？」

陳到看著正前方那片密林，見密林蒼鬱蔥蔥，茂密的枝葉掩蓋住地面上的一切，就連那一條道路也若隱若現的，眉頭一皺，當即道：「黃舞蝶，命你帶著三千女兵，帶著火油和火摺子去放火！」

「放……放火？」黃舞蝶詫異地道：「去哪裡放火？」

陳到放下望遠鏡，指著正前方的那片樹林說道：「凡是遮擋住我軍視線的，一律燒毀，夏侯淵的神行軍很有可能就隱藏在那片樹林內，必須要把他們給逼出來！」

黃舞蝶道：「都燒嗎？」

「都燒，我軍現在要堅壁清野，只要能夠守住這裡，就是勝利。」陳到厲聲道。

黃舞蝶道：「屬下明白了，屬下這就按照將軍的吩咐去做。」

這時，田欣走了過來，恰好聽到了陳到的計策，又見黃舞蝶一身戎裝，外披鎖子甲，頭上戴著一頂頭盔，腰中懸著長劍，覺得太過惹眼，急忙說道：「等等……」

黃舞蝶剛走出兩步，聽見田欣的話，問道：「欣妹妹有什麼事嗎？」

田欣挪著小步，不慌不忙地走到黃舞蝶的身邊，輕聲道：「舞蝶姐姐，你要知道，你所面對的是魏軍的神行軍，是夏侯淵的精銳，夏侯淵能夠成為魏國屈指可數的一員大將，與他的神行軍是分不開的。舞蝶姐姐穿成這個樣子去放火，萬一魏軍真的隱藏在樹林裡，必然會招惹來他們的伏擊，會對姐姐不利……」

「我不怕！我正愁沒有仗打呢！」

黃舞蝶的箭術、刀術、騎術都是她的父親黃忠教的，加上從小個性剛強，養成了天不怕地不怕的一個態度，拍了拍胸脯，朗聲說道。

田欣搖搖頭道：「舞蝶姐姐，我的意思是，這是我們娘子軍第一次真正執行的任務，絕對不能掉以輕心。我建議，舞蝶姐姐脫去這身鎧甲，只貼身穿鎖子甲，外面再穿著女裝即可。其他女兵也都應該如此，不要帶長兵器，一人佩戴一張連弩和一把短刀就行了，這樣才不會引起別人的注意。」

黃舞蝶不解地道：「欣妹妹，我不是很清楚你的意思。」

田欣笑了笑，說道：「娘子軍一直是我軍的秘密部隊，就像魏國的虎衛軍一樣，都是不為世人所知的。這次主公將我們調集到戰場上來，就是讓我們來建功立業的。女兵是別國所沒有的，如果隱藏在樹林中的夏侯淵看到一些穿著燕軍軍裝的人衝了出去，不管是誰，他們都會予以伏擊，那麼我們娘子軍就有危險了。

「可是如果你們都穿著女裝出去，就算被敵人看到，也不過是看到三千多個少女一起出去，根本不知道我們的目的，就不會出兵阻止，藉此達到迷惑敵人的方式，然後再予以實行任務，就會容易得多，即使有傷亡，也會很少。」

黃舞蝶聽完，恍然大悟，當即笑道：「還是欣妹妹聰明，那麼你們就看好吧，我黃舞蝶一定要讓魏軍嘗嘗我的厲害。」

說完，轉身便回到中軍去，然後召集了三千名女兵，吩咐她們全部換上女裝，並且私藏火油，這才朝營寨門口走去，就連走路的時候，也不再採取隊形。

此情此景，陳到、司馬朗站在箭樓上看後，登時傻眼，只見三千個花枝招展的美女，每個都是婀娜美麗，看得他們是應接不暇。

「娘子軍這是在搞什麼？」陳到不悅地道。

田欣道：「陳將軍，這是小女子的計策，叫做美人計，就請陳將軍好好的看著好了，我們娘子軍今日要為我軍建功立業。」

司馬朗雖然不懂用兵之道，腦子卻很靈活，他看到營寨內的男兵都看傻了，立刻明白過來，對陳到說道：「將軍不必動怒，娘子軍自有其魅力所在，也許正因為她們，戰場的形勢逆轉也說不定呢。」

陳到似乎也看出了點門道，便擺擺手，決定放行。

於是，寨門一經打開，黃舞蝶穿著女裝，帶著三千名打扮得妖裡妖氣的娘子軍們一起出了寨門，雜亂無章地朝大營正前方的樹林裡走了過去。

此時，夏侯淵帶著神行軍隱藏在樹林裡，他們天明的時候就到了，但是看到燕軍大營戒備森嚴，加上自身的疲勞，發現進攻不是那麼容易，便暫時放棄了進攻，準備等到大軍休整過來之後，再開始行動。

夏侯淵正在啃著昨天沒有吃完的野豬肉，吃得津津有味的時候，忽然見文稷跑了過來，便問道：「前方有什麼情況？」

文稷的臉上既帶著一臉的喜悅，又帶著一絲的欣慰，更帶著一絲的慌張，張嘴便說道：「將軍……救命啊……前方……前方……」

「前方到底怎麼了？」夏侯淵聽後，急忙問道。

文稷道：「前方突然出現了兩三千個美女，她們每一個都貌美如花，正朝這邊趕了過來。」

「美女？難道是高飛知道自己將要敗北，用自己後宮的佳麗來送給我們，讓我們就此罷兵？」夏侯淵的想像力還真豐富，但是一扭頭卻對手下說道：「都跟我一起來，探個究竟！」

夏侯淵帶著人來到樹林邊，遠遠望過去，但見成群結隊的女人從燕軍大營那裡走了出來，她們穿著五顏六色的裙裝，婷婷玉立，婀娜多姿，在早晨陽光的沐浴下，彷彿披上了一層流光霞彩。

他看到這如夢如幻的場景，以為自己是在做夢，急忙揉了揉自己的眼睛，再次睜開時，看得更真切了，那些佳麗步履輕盈的朝這邊走來，是如此的真實。

他注意到走在最前面的一個女子，見她的臉上不施半點脂粉，雪白的肌膚、嫣紅的櫻脣、細細的睫毛，微閉的幽藍星眸中閃著一絲淡淡的煙嵐，恍若不解世事的美麗，像是一個初降凡塵的仙女。

「噗通，噗通，噗通……」

夏侯淵的心狂跳不止，眼睛緊緊地盯著那個女子，微微張開的嘴已經無法合攏了，不知不覺流下了口水，兩眼的瞳孔裡映著的都是那個女子的影子，不禁失聲道：「真是太美了，簡直是仙女下凡啊……」

其他的神行軍士兵也都找到了各自喜歡的目標，一個二個的趴伏在樹林的草叢堆裡偷看，看得目不轉睛，一時間竟然忘記了他們來的目的。

林蔭小道上，黃舞蝶走在娘子軍的最前面，她的目光一直在留意著四周，可是展現出來的卻是不經意間回眸，加上她一穿上裙裝，就顯得特別有氣質，所以不管她怎麼看，被她所吸引住目光的魏軍士兵，都不會有任何的懷疑。

「將軍，你感受到了沒有，我們彷彿被人給盯上了。」一個同樣很漂亮的少女走在黃舞蝶的身後，覺得渾身不自在，輕聲道。

黃舞蝶道：「盧雯，你不要太緊張，田欣讓我們這樣做，就是吸引他們的目光，我也感受到了，既然他們真的藏身在樹林中，那麼咱們就應該把他們趕走，這可是我們娘子軍第一次的任務，只能成功，不許失敗。」

盧雯年紀與黃舞蝶差不多，是涿郡太守盧植的女兒。最初建立娘子軍的時候，盧植主動將女兒送了過來。

雖然盧雯不是那種天生就喜歡舞槍弄棒的，但是受到父親的薰陶，在學識上要比其他女兵高出許多。

她聽了黃舞蝶的話，便點點頭說道：「我知道了將軍，可是他們這樣一直看著我們，我們又怎麼行動呢，得把他們引開才行。」

黃舞蝶扭過頭，對身後的另外一個美女說道：「鍾靈，你可有什麼辦法將人引開嗎？」

第九章

犧牲色相

鍾靈道：「為了任務成功，犧牲點色相算什麼？何況，我們只是要將他們引走罷了，到了河邊，也不用脫衣服，只是滿足一下男人好奇的心裡罷了。我願意帶著一隊人去吸引敵人的目光，但是我需要水性好的女兵與我同行。」

鍾靈是漁陽太守鍾繇之女，聽到黃舞蝶的問話後，想了想，說道：「將軍，離這不遠的地方有一條小河，如果想引開敵人的話，恐怕就要做出點犧牲了，那條小河便是用武之地。」

黃舞蝶、盧雯都是女人，聽了鍾靈的話，兩人對視一眼，立刻道：「你是說……**色誘他們？**」

鍾靈點了點頭，說道：「正是如此，男人都好色，如果將軍分出一批人去河邊洗澡的話，必然能夠吸引住他們的目光，有幾個男人會不為之所動？」

「可是，大家都是黃花大閨女，除了喀麗絲姐姐之外，都未曾出嫁，誰又肯如此犧牲呢？」盧雯問道。

鍾靈道：「為了娘子軍，為了任務成功，犧牲點色相算什麼？何況，我們並不是真的要犧牲色相，只是要將他們引走罷了，到了河邊，也不用脫衣服，只是滿足一下男人好奇的心理罷了。我願意帶著一隊人去吸引敵人的目光，但是我需要水性好的女兵與我同行。」

黃舞蝶道：「這不成問題。」

話音落下，黃舞蝶立刻讓大軍停下，然後就坐在路邊，開始挑選水性好的女兵，但是並未告訴她們要去做什麼，只是將她們交給鍾靈。

鍾靈接收了三百名水性好的女兵後，便將自己的計畫告知這些女兵，女兵們乍聽都有些害臊，不太情願。

「我也沒成婚，我也是個黃花大閨女，我都不怕，你們還怕什麼？咱們參軍的時候，都說什麼了？不管怎麼樣，都要服從命令。再說，我也不是讓你們真的去犧牲色相，只是隨我到河邊，用語言挑起那些人的好奇心罷了。你們放心，我不會讓你們做什麼出格的事的。」鍾靈見眾人不願意，開始勸說起來。

其餘女兵聽後，想了好久，最後才同意跟隨鍾靈一起走。

於是，佳麗頓時分成兩邊，三百名佳麗跟著鍾靈有說有笑的朝一旁的樹林裡走去，其中說的最多的就是「洗澡」兩個字。剩餘的佳麗則留在原地，裝作走不動，暫時歇息片刻。

藏在樹林裡的夏侯淵等人，聽到鍾靈說到要去洗澡，心裡面都是一樣的心思，便悄悄地跟了過去。

片刻之後，三千神行軍居然消失了三分之二，當夏侯淵發現時，為時已晚。

「文稷！他們人呢？都跑到哪裡去了？」夏侯淵剛才看黃舞蝶看得太入神了，這會兒發現人少了，才急忙問道。

文稷答道：「將軍，他們……他們都去看美女洗澡了……」

「美女洗澡？要是有這好事，你們怎麼不去？」

文稷一臉的尷尬，嘀咕道：「將軍，不是我們不想去，是不敢去，將軍不去，我們怎麼敢去？我們得留下來保護將軍。」

夏侯淵道：「好兄弟，果然忠心。不過，既然有這好事，咱們可不能錯過，反正現在也不急著進攻，咱們走，去看看那些美女出浴。」

男人，都是用下半身思考的，不管是誰，都有英雄氣短的時候。作為一個正常的男人，聽到美女洗澡，都會忍不住的去偷窺，從偷窺中獲得極大的快感。夏侯淵也不例外，雖然已經成婚了，可是就因為自己的老婆是曹孟德老婆的妹妹，所以弄得他連娶妾都不敢。

文稷也是個血氣方剛的人，雖然結過婚，卻從不知道女人是什麼滋味，因為在他結婚的當天，一夥盜賊便闖了進來，燒殺搶掠，妻子也死在盜賊的刀下。幸好夏侯淵當時帶兵路過，殺散了盜賊，救下文稷。從此以後，文稷便跟著夏侯淵。

夏侯淵嘿嘿笑道：「文稷，你還沒嘗過女人是什麼滋味吧？等會兒我讓你看看什麼叫女人。你要是有看中的女人，就跟我說一聲，這裡美女眾多，雖然搞不清為什麼有那麼多女人會出來，但是正因為她們是女人，我們才可以放鬆一下，我們有軍隊三千，她們也剛好三千，等看完美女洗澡，我們就把這些女人全部搶過來，讓大家都盡情的放鬆一下，等到天黑以後，再攻擊燕軍大營。」

文稷點點頭道：「將軍，那我們現在……」

「留下一名斥候在這裡看著，其他人全部跟我走，咱們去看看美女出浴……」

話音一落，夏侯淵便帶著文稷和剩餘的人離開了。

夏侯淵等人走後，那個留下來的斥候，心頭也是一陣騷癢，看到一群女人坐在道路中間，沒啥可看的，也沒有什麼監視的必要，便自作主張，跟著去河邊看美女洗澡了。

黃舞蝶和女兵們坐在樹林裡，等了好長一段時間，估摸著敵人走遠了，派人到樹林裡看了看，見確實沒有人了，這才趕緊行動起來。

樹林中有一條小河貫穿著這裡，彎彎曲曲的綿延而去，河水很清，鍾靈等人來到河邊後，便坐在河邊的石頭上，吩咐其他人一邊玩水，一邊嬉笑，裝出自然的樣子來。

鍾靈十分警覺，一路走來，她都隱約感覺到有人在背後跟著。

她坐在石頭上，透過人群的縫隙注視著周圍，忽然發現黑壓壓的一片人在從樹林裡浮現出來，但又不敢張揚，只能遠遠地觀望。

她知道敵人上當了，便站起來，大聲呼喊道：「姐妹們，下水嘍！」說完，三百名女兵排成一排，站在河邊開始寬衣解帶。

樹林中的魏軍士兵看到這一幕，都瞪大了眼睛，口水直流，更有的鼻血都流出來了。

「脫啊，快把衣服脫掉啊……」一些士兵小聲起鬨道。

忽然，鍾靈等人將穿在身上的外衣全部脫掉，然後拋向空中，微風吹動著衣服，衣服飄蕩起來，像一個個風箏，緊接著河邊便傳來了「撲通」的跳水聲。

魏軍的男兵們看見以後，都是一臉的沮喪，因為他們壓根就沒有看見那些女人是怎麼跳進水裡的，只看見三百件外衣飄了起來，剛好遮住她們的身體。

「快到河邊看！」

不知道是誰叫了一聲，那些男兵們紛紛跑出樹林，朝河邊跑了過去，可是當他們懷著興奮的心情跑到河邊時，看到的一幕卻令他們頓時生畏。

鍾靈等三百名女兵都披著鎖子甲，集體站在水中，水性好的她們，雙腳在水裡面踩著水，使得她們的身體能夠浮在水面上。

但是，她們的手中卻每個人都握著一張連弩，對著站在河岸上的魏軍士兵，見魏軍士兵到來之後，鍾靈一聲令下，三百名女兵便扣動了弩機的機括，立刻連續射出去許多弩箭。

「哇……啊……」

魏軍的士兵吃驚不已，還沒有反應過來，便被迎面飛來的箭矢射中，在如此近的距離內，弩箭的穿透力極為強勁，而且還是連續射擊，使得那些帶著笑容來到河邊的男兵們，在臨死之際，臉上的笑容還若隱若現的。

「快跑！」魏軍士兵的前排被射倒一片後，屍體或落入水中，或就地倒下，總之驚慌之下的士兵，竟然忘記了去戰鬥，或者說，燕軍女兵的箭矢太過強大，逼得他們只有撤退的份。

「噗通！」一聲聲悶響從岸上響起，那些男兵迅速趴在地上，同時從腰中抽出了兵刃，一點一點的匍匐前進，向河岸邊移動過去，想結果這些愚弄他們的女人。

夏侯淵、文稷這個時候剛好從樹林裡趕了過來，看到河岸上女人的衣服散落一地，以及地上趴著一群向前蠕動的士兵，夏侯淵不禁罵道：「這幫混蛋，太無恥了，居然跑那麼近去觀看……」

夏侯淵這會兒發揮出他的長處，長腿一邁，很快便到了河岸，可是越往前走，看得越是清晰，才發現趴在最前面的士兵明顯是被人射殺了。

「這幫混蛋，為了一群女人，居然自相殘殺？」

夏侯淵快步向前走去，大怒道：「都給我起來，你們這群王八蛋！」

鄧白突然伸出手，一把拉住夏侯淵，道：「將軍，那幫女人不簡單，竟然殺死我們一百多兄弟。將軍不能再靠前了，否則會被那些女人射死的。」

「女人？哪裡還有什麼女人？河面上除了幾具屍體外，什麼都沒有！」

夏侯淵的個頭比較高，走到鄧白趴下的位置，便能看到河面，他看到河面上只有幾具浮屍，什麼女人都消失得無影無蹤了。

「糟了，著火了！」文稷忽然叫了起來，指著背後的樹林大聲喊道。

夏侯淵前後尋思了一下，失聲道：「我真蠢，居然上了這幫女人的當，全給我起來，趕快離開這片樹林，省得引火焚身。」

濃煙滾滾，火光衝天，大火無情的焚燒著整個樹林，借助風的勢頭，開始向周圍迅速蔓延。很快那片樹林便化成了一片火海。

火勢剛起，夏侯淵便帶著部隊離開了，神行軍瞬間便消失在叢林裡，不知所蹤。

夏侯淵走後，鍾靈和三百女兵慢慢地浮出水面，她們每個人的嘴裡都含著一根細長的管子，管子是中空的，用來作為潛在水面下呼吸的工具。

當她們射擊完一排神行軍的士兵後，立刻游到岸邊，同時潛到水裡，這才給人一種錯覺，覺得她們彷彿消失了一般。

鍾靈環顧四周，見敵人消失了，立刻帶著女兵們上了岸，看到火勢已經起來了，便對女兵們說道：「這次你們做得非常漂亮，我們……」

話音未落，「嗖嗖嗖」的聲音破空傳了出來，鍾靈大吃一驚，急忙叫道：「不好，敵人未走，快跳進水裡。」

「噗通……」

一連串的落水聲響了起來，二百多名女兵全部跳進水裡，但是有十幾名行動緩慢的女兵不幸被箭矢射中，慘叫一聲，立刻喪命。

這時，夏侯淵帶著神行軍從樹林裡衝了出來，夏侯淵身先士卒，舉著刀快步向河邊衝了過去，憤怒地喊道：「衝！把這些臭娘們全部抓起來，先姦後殺！」

鍾靈見敵人勢大，先在水中端著連弩進行一陣射擊後，便帶著女兵潛入水底，向他處游了過去。

魏軍射向水面的箭矢，遇到水的浮力，無法進入水中，給了女兵們一個很好的掩護。

夏侯淵撥開弩箭，衝到河邊，看到這雖然不是很深的河水，卻犯了難，突然停下腳步，衝後面的士兵大聲喊道：「誰他娘的會水？跳下去，把那些娘們都給我抓上來！」

立刻有三百多名士兵脫去身上的盔甲，跳入河中。可是，他們剛跳入水中，便立刻遭到埋伏在兩岸的女兵襲擊。

女兵們手裡都握著鋒利的短刀，一見有敵人跳下水，立刻像魚一樣迅速的游了過去，舉刀便是一陣亂刺，那些沒有設防的士兵鮮血馬上噴湧出來，將河水染紅，原本清澈的河水也變得污濁了。

夏侯淵站在河邊，看著河中翻滾著血花，自己的部下接二連三的從水裡浮了上來，屍體漂浮在水面上，順著流淌的河水向下游漂去。

「奶奶個熊！我就不信你們不出來，老子就守在岸上，看你們能憋到幾時。」夏侯淵怒道：「都給我過來，守在岸邊，只要這群臭娘們一露出水面，就給我射死她們！」

夏侯淵確實憤怒了，他是堂堂的魏國大將，率領千軍萬馬，在刀口上舔血的人，可是今天卻被一群女人給耍了，要是傳了出去，他的臉往哪裡擱?!

不過，他的估算是錯誤的，女兵們都含著呼吸的工具，想在水裡待多久就待多久。

過了好一會兒，夏侯淵不耐煩地朝水面上看了看，由於水面被鮮血染紅，他只能隱約地看到女兵依然在水下，同時他也發現了女兵嘴裡含著的工具。

「哈哈……被我發現了……」夏侯淵興奮地道。

他轉過身子，對弓箭手道：「看見那些露出水面的細小管子了嗎？給我瞄準了，就射擊那些管子，把那些人給我從水裡逼出來！」

「諾！」

士兵們紛紛朝水面上射擊，但是由於那些管子太細，加上女兵在水底是來回游動的，給士兵們製造了難度，所以只有幾個人射中管子，管子一進水，底下的女兵便向上浮出一點。吹開管子裡的水後，繼續躲在水底。

不過，這次女兵們散開來，不再聚集在一起，紛紛往對岸游去。

夏侯淵被這些女人徹底惹毛了，正焦急間，只見一個黑影快速的移動過來，他剛一回頭，便看見夏侯離來到身邊，急忙道：「你來幹什麼？」

夏侯離單膝下跪，抱拳道：「啟稟將軍，大王率領虎衛軍、虎豹騎在來的途中，看見這邊大火衝天，便派屬下過來問問是怎麼一回事。」

「燕軍放火，阻斷了我前進的道路，你回去轉告大王，請大王暫且停下，天黑之後，我必然會帶著人搗毀燕軍的屯糧之地！」

夏侯離道：「諾！」

她轉身要走，看到地上有許多女人的衣服，再看水底有許多女人潛伏著，不禁好奇地道：「將軍，這是？」

「沒什麼，不該問的別問，你走吧！」夏侯淵冷冷地道。

夏侯離縱身而起，施展輕功，一會兒便消失在夏侯淵的面前。

「將軍，大王來了，我們延誤了攻擊，現在該怎麼辦？」鄧白問道。

文稷想了下，道：「將軍，千萬不可因小失大，這些女兵若是一直躲在水底，我們也拿她們沒辦法，燕軍的屯糧之地更為重要，大火雖然燒起來了，但是要燒毀整片樹林，還需要一些時間，我們完全可以利用現在的機會迂迴到燕軍的側面，然後再實施攻擊。」

夏侯淵聽後，不甘心地道：「哼！便宜這些臭娘們了，我們走！」

話音一落，餘下的兩千多神行軍士兵開始撤退，可是當他們準備進入樹林時，卻發現黃舞蝶帶著那群女人堵住了去路，她們的手裡都握著連弩，也脫去了身上的裙裝，換成裙裝下隱藏的勁裝，一見到魏軍出現，便開始不停地射擊。

夏侯淵突然遭到伏擊，心中詫異非常，再看對方都是女人，更是羞愧萬分，急忙讓士兵還擊，可是面對突如其來的變故，軍心渙散，士氣十分低落。

他見狀，只得下令撤退，朝另外一處撤走。臨走時，他大聲喊道：「你們是什麼人？報上名來！」

黃舞蝶聽到後，取出背上背著的弓箭，順著夏侯淵的聲音射出一支箭矢，同時大聲喊道，以掩護箭矢破空的聲音：

「我們是燕國娘子軍，本將黃舞蝶！」

夏侯淵聽到後，暗暗地記下了這個名字，想著以後一定要報這個仇。

可是黃舞蝶的聲音剛落，他便感到一股凌厲的力道朝自己射了過來，扭身一看，一支羽箭正朝自己飛了過來。他大吃一驚，急忙躲閃，但是躲閃不及，左臂中箭，趕忙帶著箭傷跑了。

黃舞蝶沒有讓人追擊，帶著人來到河邊，見鍾靈等人浮出了水面，眾人便合兵一處，抄小道回燕軍大營。

燕軍大營裡。

陳到站在箭樓上眺望著，看到前方火勢大起，欣慰地道：「如此一來，就可以暫時阻擋敵人的進攻了。我軍的視野也會相對的開闊許多，對於監視敵人的動向十分有利。娘子軍這次任務完成的非常出色，我應該向主公據實稟奏。」

「陳將軍，娘子軍初戰獲勝，但是並不代表可以掉以輕心，敵人來的可都是勁旅，剛剛收到冀州刺史荀大人的飛鴿傳書，說曹孟德親自率領精銳士卒前來，並且張郃將軍也帶著騎兵趕來支援，請我們務必守住此地。」司馬朗道。

陳到皺起眉頭，他在垣雍城見識了虎衛軍的實力，雖然沒有親自過招，但是能用一百人將張郃帶領的兩千人從山林裡給逼走，也實屬厲害。

他聽張郃說，虎衛軍的厲害之處就在於山林作戰，現在他把前面的樹林燒毀了，也就等於虎衛軍沒有施展的機會，所以心中還是不禁有小小的成就感。

雖然如此，一向持重的他，也不敢掉以輕心，畢竟來的人是曹孟德，既然曹孟德來了，那麼典韋也勢必會來，這個白髮鬼可是極為難對付的人。

他轉過身子，道：「傳令下去，加強警戒！」

半個時辰後，黃舞蝶帶著娘子軍回到軍營後，立刻恢復常態，重披娘子軍的戰甲，攜帶好武器，開始撤向中軍和後軍的通往之地，守護在那裡，穩如磐石。

此時，夏侯淵帶著僅剩兩千人的神行軍，終於迂迴到燕軍大營的東側，一直在注視著燕軍的大營。

夏侯淵對於尋找糧草十分在行，只要貼近營寨，看上幾眼後，便能知道糧草藏於何處。這次也不例外，他一眼便看出糧草的所在，對部將文稷、鄧白說道：

「看見了嗎？那裡便是燕軍屯積糧草的地方，一會兒你們只需……」

文稷、鄧白聽了，同時答道：「諾！」

夏侯淵道：「好，休息一刻鐘，然後開始行動，不能再等了。」

「啟稟大王，大火已經蔓延整個森林，阻隔了我軍前進的道路。」一名魏軍斥候策馬奔馳而來，在曹孟德的身邊停下，下馬道。

「前往北鄉可還有其他路線？」曹孟德眉頭緊皺，目光犀利的眺望著前方不遠處升起的滾滾濃煙，問道。

「只此一條路可走，不過……尚有一條崎嶇小路……」

「走那條小路，你在前面帶路，夏侯淵到現在還沒有開始行動，必然是有什麼危險了，此次若不能一鼓作氣拿下燕軍的屯糧之地，我們就等於白白來了一趟。」曹孟德焦急地說道。

「可是……」

「可是什麼？」

「那條小路要經過一處沼澤地，路途要遠上十多里地，而且那沼澤地裡都是毒蛇，極難通行，是以一直沒有人通行過。」斥候說出了那條路上的險惡。

曹孟德道：「再危險的路，本王也曾走過。出發！」

話音一落，兩千魏軍在曹孟德率領下，迅速的跟隨斥候走了。

這邊魏軍剛走沒多久，張郃便從後面帶著兩千騎兵趕了過來，看到前方滾滾的濃煙以及燒著的森林，便勒住馬匹，大軍暫時停靠在路邊。

「放火燒林，這倒是阻斷魏軍的一個好辦法，可是，不幸的是，也將我們一起阻斷在這裡了。」張郃自言自語道。

他環視一圈，看到有一串馬蹄印偏離主道，目光犀利地看了眼馬蹄印的方向，指著那個方向問道：「那邊通往何處？」

「那邊有一條小路，可以繞到北鄉，不過其中有一處沼澤地，裡面有毒蛇為害，是以數十年來沒人敢從那裡通行，但凡進去的人，就沒有再出來過。」知情者立即說道。

張郃起初是來支援北鄉的，可是走著走著，卻發現在他們的前面還有一隊人馬，從留下的馬蹄印可以判斷的出來，並不是燕軍的兵馬，那麼唯一的答案就是魏軍的兵馬。於是，張郃在後面一路狂追，終於抵達了此處。

他尋思了一下，對部下道：「你們都跟我來，沿著馬蹄印追上去，我敢肯定，曹孟德一定在前面，如果能抓到他，那將是大功一件。」

部下的士兵連眉頭都沒有皺一下便答應了下來，對他們來說，早已經不再畏懼死亡了。

「出發！」

中牟縣和陽武縣的牛家屯附近，高飛帶著趙雲、黃忠、太史慈、甘寧、張遼以及一萬五千名騎兵暗藏在一個小山坡的後面，高飛趴在山坡上面，拿起望遠鏡朝著駐紮在牛家屯裡面的魏軍大營眺望。

從望遠鏡中，他看到的是一座極為空虛的大營，旗桿上魏軍大旗迎風飄展，除了守衛在營寨門口的一些士兵外，整個大營裡幾乎看不到多少人，顯得空蕩蕩的。

趙雲、黃忠、太史慈、甘寧、張遼五個，一人拿著一個望遠鏡在眺望，看完後，五個人的臉上，有的現出喜悅之色，有的皺起眉頭，表情各不相同。

高飛放下望遠鏡，從山坡上走了下來，拍打了一下身上的灰塵，問道：「你們覺得如何？」

甘寧道：「主公，魏軍大營如此空虛，我軍若現在發動攻擊，必然能夠一舉攻破，乘勢掩殺，可以順勢攻占陳留，真是天助我軍啊。」

太史慈摩拳擦掌地道：「是啊，主公，請下命令吧，我來當先鋒，定然將那些人殺得屁滾尿流！」

「主公，文遠不敢苟同。」張遼抱拳道。

高飛道：「說說你的看法。」

張遼道：「我以為，這是魏軍的奸計，如果魏軍都悉數去攻打垣雍城了，那麼我們所看到的魏軍大營必然是旌旗飄展，守備森嚴的樣子，以借此虛張聲勢。可是如今我們看到的卻是如此空蕩的大營，必然是魏軍知道我們會來襲擊大營，故意做出空虛的姿態，等到我軍一展開攻擊時，伏兵就會出現，群起而攻之，此乃魏軍的陰謀。」

趙雲、黃忠兩個人齊聲道：「主公，我等皆贊同文遠的觀點。」

太史慈、甘寧有些不服氣的說道：「魏軍前去偷襲我軍，必然會率領大軍傾巢而出，大營空虛再正常不過了，如果他們虛張聲勢的話，一眼就能被我們看穿，我等請求攻擊魏軍大營，然後一鼓作氣，攻下陳留。」

高飛決斷道：「你們不必再爭議了，都上馬，全部跟我一起回北鄉。」

太史慈、甘寧急忙道：「主公，我們就這樣回去了嗎？那我們不是白來一趟了嗎？不如主公給我們各三千兵馬，我二人前去試探一下，如何？」

「不行！曹孟德是個精明之人，徐庶也非常的聰明，必然不會將大營留空。我們也不算白來一趟，至少我們知道曹孟德沒有傾巢而出，那麼攻擊垣雍城的魏軍最多只有兩三萬人，從這裡到垣雍城不遠，我們可以沿著魏軍的背後而去，然後襲擊其背後……」

高飛的話還沒有說完，便見一個負責傳令的士兵策馬到跟前，抱拳道：「主公，冀州刺史、副軍師荀諶飛鴿傳書帶來消息，說垣雍城已經被魏軍攻破，魏軍如今兵分兩路，曹孟德親自率領精銳之兵去攻打北鄉，曹洪帶著大軍圍攻卷縣縣城。」

聽完這個消息後，高飛二話不說，急忙調轉馬頭，吼道：「全軍上馬，回師北鄉。」

太史慈、甘寧立即從山坡上跑了下來，帶著各自的部下，跟隨高飛一起離開了。

滾雷般的馬蹄聲響起，大軍所過之處皆揚起一股塵土。

徐庶坐在魏軍大營裡，等待著燕軍前來進攻，可是等來的卻是一名斥候。

他見斥候進來，不給斥候喘息的機會，便催促道：「快講！」

斥候道：「燕軍騎兵來而復返，朝垣雍城方向去了，領兵之人貌似燕侯高飛。」

徐庶目光流動了一下，對在座的夏侯惇、曹仁、曹純、李典、樂進、于禁、李通等將領說道：「大王有危險，夏侯惇、曹仁、曹純、李典、樂進，你們五個火速率領全部騎兵跟隨在高飛的背後，去救援大王……」

他看了一眼夏侯惇和曹仁，最終把目光落在曹仁的身上，說道：「子孝將軍，你是主將，夏侯將軍副之。」

曹仁、夏侯惇同時站了起來，說道：「諾！」

徐庶道：「你們先行一步，我和于禁、李通、韓浩、史渙率領步軍隨後，在垣雍城接應你們。」

「諾！」曹仁、夏侯惇、曹純、李典、樂進一起說道，話音一落，五人便轉身出大帳，迅速集結早已在兵營裡隱藏許久全副武裝的騎兵，一股腦的全部出了大營。

徐庶見五人出城之後，轉身對貼身保護自己的許褚說道：「你騎著快馬抄小路去救大王，無論如何，都要將大王給救出險地。」

許褚不解地道：「軍師，大王真的會有危險嗎？」

徐庶點點頭道：「簡直是九死一生！」

許褚愣了一下，二話不說，立刻出了大帳。

緊接著，徐庶留下五千步兵撥給程昱、劉曄、毛玠、董昭等人，讓他們四個人負責堅守營壘，自己則帶著于禁、李通、韓浩、史渙四人和大軍朝垣雍城而去。

北鄉的燕軍大營，中間的部分此時已經混亂不堪，夏侯淵帶領的神行軍突然在三個不同的地方出現，文稷、鄧白在兩翼，夏侯淵在中間，從東南面的樹林裡衝了出去。

他們沒有騎馬，每個人的手裡握著一個木盾和一把腰刀，朝燕軍的中營攻擊了過去，一個個雖然徒步前進，但是卻跑得飛快，三股兵力像是三道捲起的煙塵，在燕軍將士還沒有反應過來時，便已經衝撞上營寨的柵欄。

「轟！」一聲巨響傳了出來，響徹天地。

這時，預先埋伏在東面山坡上的喀麗絲看見了這種情形，急忙讓人揮動大旗，然後帶著一千騎兵開始向下俯衝。

中營營寨裡，黃舞蝶帶著娘子軍正在堅守屯放糧草的營壘，忽然看見神行軍對這裡發動了進攻，便急忙端起手中的連弩，躲在中營營壘的後面，朝著在衝撞燕軍大營周邊柵欄的神行軍射了過去。

可是這一次，娘子軍的箭矢作用卻不大，那些神行軍持著木盾擋下了箭矢，並且躲在盾牌的後面。

陳到在前營，忽然看到東面山坡上大旗飄動，喀麗絲帶領騎兵從山坡上俯衝下來，就立刻明白是怎麼回事了。於是，陳到立刻讓聚集在前營的士兵開始向中營奔跑過去，他自己也下了箭樓，留下一部分人守衛前營，自己提著鴛鴦刀便衝了上去。

夏侯淵的突然襲擊，就像是一道閃電一樣，轉瞬即逝。

正當燕軍被吸引到中營時，神行軍突然停止了攻擊，一分為二，鄧白帶領士兵向前營跑去，夏侯淵和文稷則帶領士兵朝後營跑去，避開了從背後俯衝下來的騎兵。

神行軍分成兩撥，舉著木盾，持著腰刀，圍繞著燕軍的大營邊緣跑，他們步伐輕盈，健步如飛，在燕軍的箭矢中馳騁而過，夏侯淵、文稷所帶領的這一千人，很快便轉悠到了大營的後面。

燕軍為了防止魏軍的襲擊，在大營的前面布置了許多陷阱，並且將重兵放在前營，致使燕軍的後營比較薄弱，夏侯淵正是看到了燕軍大營的虛實所在，故意借用這個方法來吸引兵力。

燕軍的糧草全部集中在中營，所以一看到夏侯淵做出強攻燕軍中營的態勢，前營、後營的兵力迅速向中間靠攏，一時間使得中營擁擠不堪。

陳到剛帶著兵來到中營，卻見夏侯淵將士兵分成兩撥，他立即叫道：「後撤！後撤！快撤到後營去！」

一聲令下，傳令兵還沒有來得及將命令傳達出去，後營前來支援的步兵便一擁而上，直接擋住了通往後營的道路，兩邊擁堵在一起。

「都閃開！快後撤！」

陳到咆哮著，他起初以為這是夏侯淵孤注一擲之舉，可是當夏侯淵分兵之後，他立刻明白過來，這是在吸引兵力。

陳到的命令接龍式的向後面傳達了過去，後營的士兵在摸清狀況後，紛紛讓開一條路，讓陳到率領的騎兵可以從中間通行。

可是，為時已晚，夏侯淵帶領的兵將在毫無阻撓的情況下，已經從後營繞了過去，直接繞到了燕軍大營的西邊，瞅準燕軍的死角，先移開那些拒馬、鹿角，緊接著揮刀猛砍四周的柵欄。

「喀喇！」一聲聲木頭斷裂的聲音從燕軍的側後方傳了出來，柵欄已經被砍斷了幾根，在魏軍用力衝撞下，衝出了一個小口。

「殺啊！」

燕軍大營的西側山坡上，文蕊看著夏侯淵的軍隊正在毀壞燕軍的營寨，立刻騎著馬，帶著一千騎兵向下俯衝。

文稷聽到背後傳來一陣急促的馬蹄聲，回頭一看，文蕊領著一千騎兵從大營西側的山坡上俯衝而下，正朝他們衝了過來，喀麗絲領著的一千騎兵也漸漸靠近，情急之下，急忙對夏侯淵大聲喊道：

「將軍！山坡上一支燕軍的騎兵正俯衝下來，請速退！」

夏侯淵手裡握著大刀，正在猛烈的揮砍柵欄，木屑亂飛，柵欄斷裂，一根接一根的柵欄在他用力的劈砍下斷開。

他聽到文稷的話後，臉上異常的平靜，大聲喊道：「迅速將鹿角布置在後面，敵人到了一百步內再叫我！全力揮砍柵欄，違令者斬！」

在最前面一排的神行軍士兵都沒有停下手中的活，聽到夏侯淵的話後，揮砍的更加猛烈了，背後是滾滾而來的馬蹄聲，前面是阻隔道路的柵欄，**是生是死，只在這一瞬間**。

「將軍！一百步了！」文稷彙報著，臉上也滲出冷汗。

自古步騎不相等，在戰場上，一個快速衝擊的騎兵，可以相當於二十個步兵，何況敵人來的是一千名騎兵，與自己的兵力又相等。神行軍雖然跑得快，可在沒有任何遮擋物的平地上，兩條腿跑得再快，能快得過四條腿的馬匹嗎？

而且，敵人是俯衝下來的，那巨大的衝擊力絕對是無與倫比的，他們暴露在敵人的面前，不做任何行動，不是在給敵人當靶子嘛？此時，神行軍的士兵都有著極大的恐懼，每個人都握緊了手中的刀，舉著盾牌，臉上、背上冷汗盡出。

「敵人到了五十步內再叫我！」夏侯淵舉著大刀，揮砍的更加用力了，同時發出了一聲聲竭力的嘶吼。

「將軍！五十步了！」文稷再次彙報，這次的時間間隔只有短暫的幾秒鐘而已。

沒有壓力，就沒有動力，夏侯淵等人頂著全軍覆沒的危險，使出了身上最後的力氣，集體猛砍，同時用身體衝撞。

「轟隆！」

一聲巨響，夏侯淵等在前排的人，立刻將柵欄劈開一個很大的口子，口子一開，士兵們立刻進入營寨。

一進入營寨之後，夏侯淵便大聲喊道：「點火！」

一千名神行軍直接闖進燕軍的營寨，進入營寨後，立刻四散開來，掏出早已準備好的少許火油和火摺子，將火油直接灑在營帳上、柵欄上，然後迅速的點火。

在文蕊帶領著的騎兵跨越過神行軍設置好的障礙的那一刻，幾乎是同時，火光突起，剛剛跨越的馬匹一見到突如其來的火勢，立刻受到驚嚇，不敢朝裡面闖，四蹄止步，戛然而止，直接將馬背上沒有任何防備的騎兵給掀翻了下來。

「啊……」

一群騎兵落馬，後面的又剎不住速度，直接衝撞了上去，弄得人仰馬翻，受傷了一百多人。

神行軍進入營寨內以後，立刻以百人分成好幾個小隊，開始在毫無防備的後營裡肆意作亂。即使遇到燕軍的士兵，也被他們紛紛殺死，根本抵擋不住這股逆流。

喀麗絲帶領著騎兵趕到文蕊的身邊，見火勢阻隔了他們的道路，文蕊又跌落在地上，急忙問道：「你沒事吧？」

文蕊從地上爬了起來，氣得直跺腳，多少有點惱羞成怒，說道：「實在太氣人了，只差那麼一點點了，現在大火封門，怕是進不去了。」

喀麗絲道：「上馬，我們從前營過去。」

說著，兩人便合兵一處，立刻翻身上馬，帶著人朝前營而去。

陳到帶著兵從中營趕往後營，還沒有跑到，便看見後營的西側火光突起，緊接著整個後營到處都冒起了狼煙，然後是炙熱的火焰，讓他有點始料未及。

「他娘的夏侯淵，老子要親手宰了你！」陳到怒罵完，轉身對後面的一個傳令兵喊道：「傳令下去，全軍扼守中營，只要糧食不丟，便是勝利。」

「諾！」

此時，鄧白率領的另一支神行軍便沒有那麼幸運了，他們沿著夏侯淵設定好的軌跡行走，本想在前營也弄出一點動靜，然後和夏侯淵遙相呼應，讓燕軍前後無法顧忌。

可是，讓鄧白沒有想到的是，燕軍的前營守備森嚴，箭矢如同狂風暴雨一般向他們射了過來。

這還不算什麼，關鍵是前營的外面遍地都是陷阱，不是有人掉進了陷馬坑，就是有人踩到了鐵蒺藜，或者是有人被暗藏著的拒馬給刺死，再加上燕軍的狂風暴雨般的箭矢，使得他們傷亡慘重，還沒有抵達指定的地點，就已經剩下不到三百多人了。

鄧白見狀，立刻叫道：「撤退！」

這邊聲音剛喊完，那邊文蕊、喀麗絲帶著騎兵從營寨的另一邊奔馳而來，她們一看到鄧白，立刻撲了上來。

文蕊舉著長槍，一馬當先，剛才在夏侯淵身上吃的虧，所受到的氣，這時都一股腦的發洩在這股兵力的身上，「呀」的一聲嬌嗔，躍馬挺槍，驟然奔至到鄧白等人的面前。

「撤！快撤！」

鄧白大叫一聲，同時舉刀格擋文蕊的攻勢，剛扭過頭，便看見文蕊的小臉，大吃一驚，「怎麼是個女的？」

「女的也一樣能夠殺你！」文蕊大喝一聲，槍法若舞梨花，一槍刺了出去。

鄧白見狀，急忙遮擋，哪知他剛把刀舉了起來，文蕊的槍便陡然生變，刺斜裡突然殺了出來，一個不留神，腹部便中了一槍。

「啊」的一聲慘叫，鄧白捂著腹部急忙退後，然而，文蕊進一步緊逼，長槍的影子在他的面前晃動……

鮮血四濺，如泉湧般噴出。

文蕊的臉上染上了鮮血，怒不可遏地朝其他人殺了出去。喀麗絲帶著騎兵隨後殺來，直接撲向這撥殘軍裡，如同虎狼一般。被包圍著的神行軍，一個都沒有跑掉，全部被誅殺。

大營裡，陳到帶著騎兵正在四處尋找夏侯淵，忽然遇到一撥神行軍伏擊，雙刀看走，鴛鴦雙飛，刀法舞動的迅速異常，砍掉一顆顆頭顱。

不一會兒，這一股以百人為基礎的小隊便在陳到的撲殺之下迅速的滅亡。

夏侯淵提著大刀，帶著一百人正四處縱火，忽然聽見馬蹄聲響起，回頭遙見陳到騎著馬正在四處搜尋，便急忙吹響了暗哨。

暗哨聲一經響起，文稷等人迅速朝夏侯淵處靠攏，九百人的神行軍再次集結在一起，和陳到所帶領的騎兵形成了對峙。

陳到看到夏侯淵等人聚集在那邊，立刻縱馬而去，揮舞了一下雙刀，對身後的士兵大聲喊道：「士兵們，建功正在今日，前面乃魏軍大將夏侯淵，斬殺其人者，主公那裡必定重重有賞。鼓起你們的勇氣，跟著我衝過去！」

話音一落，陳到的騎兵隊伍迅速的將夏侯淵等人圍在坎心，一撥人惡狠狠地瞪著這撥令人髮指的神行軍，緊握手中的兵器開始衝擊。

夏侯淵、文稷等九百名神行軍被陳到率領的騎兵團團圍住，而且燕軍的步兵也正一個勁的朝這裡趕來。

看到這種情況，夏侯淵知道自己身處險境，沒想到燕軍的反應會如此快。

「衝出去！」

夏侯淵見燕軍對他們發動進攻，為了避免燕軍騎兵帶來的巨大的衝擊力，夏侯淵帶著文稷等人率先鑽進了兩座燃起大火的營帳中間，舞著大刀，用刀刃挑開了著火的營帳，然後揮灑在空中，朝燕軍衝過來的騎兵扔了過去。

燕軍騎兵的座下戰馬見到火光飄來，感到危險，急忙止住步伐，可是火光還是從頭頂墜落了下來，騎兵急忙揮著兵器遮擋，點點星火落在馬匹的身上，將馬的皮毛給烤傷，座下戰馬狂躁的亂竄起來，發出一聲慘痛的長嘶，將騎在馬背上的士兵給掀了下來。

只這一瞬間，便有十幾名燕軍騎兵瞬間落馬，若不是後面的騎兵及時避開，後果將不堪設想。

文稷等人見狀，也紛紛學起了夏侯淵，反正燕軍的騎兵只是從三面沒有火的地方給包圍住，他們身後雖然火光衝天，但是人完全可以從中穿行而過。

第十章

突破天網

張郃看到虎衛軍的士兵正在從四個方向組建天網，笑道：「原來如此，天網確實不只是一面，不過，只看破一面，便足可以破你的天網，連弩準備！」

張郃身後的士兵不慌不忙地拿出連弩，朝著揮舞鞭子的人便是一陣亂射。

「轟！」

陳到帶領的騎兵迅速的從側面衝撞了上去，馬匹所帶來的巨大衝擊力，直接將一群還沒有來得及退到火光間隙中的神行軍給撞飛，身體還沒有落地，緊接著又被對面來的燕軍騎兵猛烈的撞了一下，登時口吐鮮血，身受重傷，隨後身體墜落地面，直接喪命在燕軍的鐵蹄之下。

瞬間的變動，神行軍便走向了兩個極端，一部分人跟著夏侯淵躲進了火堆裡，在火堆裡不斷地穿梭著，尋找著向外突圍的道路，另一部分人則死在燕軍騎兵的夾擊之下。

即使是穿梭在火堆裡的神行軍，也是十分危險，要承受著高溫的炙烤，還要擔心燕軍的殺來，有一些人稍微不注意，火苗便沾到他們的身上，不得不在地上打滾。

「放箭！射死他們這些畜生！」

陳到見座下戰馬無法靠近火堆，夏侯淵等人在裡面又飄忽不定，便立即掏出隨身攜帶的連弩，朝火堆裡的人影射擊。

這時，黃舞蝶帶著娘子軍也趕了過來，立即加入戰圈，後面趕來的步兵負責救火。

密集的箭矢朝著火堆射了過去，起初還是在尋找目標才射擊，到後來便是一陣亂射了。

火堆裡，神行軍被箭矢射倒的慘叫聲此起彼伏，火勢越燒越大，人員也越來越少，漸漸的，只剩下寥寥的幾十個人影。

「將軍，難道我們要葬身在這火海當中嗎？」

文稷緊隨著夏侯淵，有好幾次，他們都看見了出口，可是當他們跑過去的時候，突然竄出的火焰隔斷了他們的道路，加上箭矢的威脅，使得越來越多的士兵倒在這片火海當中。

「有我在，絕對能夠衝出去。跟我來！」

夏侯淵看著正前方的火龍，這是他一手造成的，可是如今，被火龍包圍的人卻是他，三千神行軍蕩然無存，只剩下身後的寥寥十幾人，他不甘心，也不死心。

他指著前面的那道火牆，對文稷等人說道：「置之死地而後生，火牆的後面就是生路，如果不想死的人，都隨我衝出去，就算被大火燒到了又怎樣，只要不死，我們就有復仇的時候。衝！」

話音一落，夏侯淵邁起腿便朝著火牆衝了過去，一邊跑著，一邊還大聲地嘶吼著，給自己壯膽。

一道身影一閃而過，夏侯淵直接竄過火牆，只是他的眉頭、鬍鬚以及身上所有沒有被覆蓋住的毛髮，都被火給燒到了，手上臉上也有幾處燒傷。

他一衝了出去，立即對裡面的人喊道：「我沒死，不怕死的都給我出來。」

文稷緊接著衝了出去，剩餘的士兵還沒有來得及衝出去，一撥箭矢便順著夏侯淵的聲音射了過來，那十幾名士兵全部被亂箭射倒，連續發出了慘叫聲。

夏侯淵、文稷看不見火牆後面發生了什麼事，正準備喊話時，卻見一個神行軍的士兵突然從火牆那邊爬了過來，半個身子已經被燒著了，伸著一隻手，臉上猙獰地對夏侯淵、文稷說道：「將軍快走……」

緊接著，便是那個士兵被火燒著所發出的慘叫聲。

夏侯淵、文稷見狀，雖然心痛不已，但是也不得不趁亂離開，只留下兩道絕跡的塵土。

大營裡。

陳到見火勢越來越大，那邊也聽不到什麼聲音，估摸著人都死光了，當即下令道：「快！救火！絕對不能讓火勢蔓延到中軍去！」

於是，士兵們紛紛加入救火，或從河邊擔水，或用土埋，經過多人的努力，火勢便被控制住，沒有再向外蔓延。

曹孟德帶領大軍剛剛抵達那片沼澤地的邊緣，天空中籠罩著一層久久不散的陰霾，遮住了整個太陽，枯樹叢生，瑩火微弱光芒籠罩的地方，到處都流淌著濃稠、深綠、散發著濃厚腐臭的污水。

污水積聚成的水潭中，看不清本來顏色的碎布、生鏽的鐵器，以及不知是什麼動物的腐肉屍骸，各式各樣的汙物或浮或沉，時不時會有一些毒蛇不知從何處鑽出，從污水中游過，又消失在沼澤之中。

曹孟德捂著鼻子，試圖掩蓋住那股腐爛的惡臭，看著前面大概綿延了五六里的沼澤地，他皺起眉頭，道：「沒想到這片沼澤地會這麼大……」

「大王，裡面有毒蛇出沒，咱們還沒有進入沼澤地，座下的戰馬就變得躁動不安了，如果硬闖進去的話，只怕座下戰馬不肯進入，可如果徒步前行的話，虎衛軍倒是沒有什麼，可是虎豹騎就失去了優勢。」

典韋一手緊緊地拽著韁繩，雙腿夾緊馬背，死死地將座下戰馬掌控著，不讓牠亂動，皺著眉頭對曹孟德說道。

「本王心裡明白，可是夏侯淵乃我軍大將，又與我情同手足，不可不去支援，是我太低估了燕軍的實力，不然的話，以夏侯淵的性格，絕對不會拖延那麼久還沒有進攻，定然是燕軍防守極為嚴密，讓夏侯淵無從下手所致。」曹孟德道。

「臣明白大王的意思了，不過，這件事就交給臣來做吧，大王和虎豹騎留守在此即可，臣帶著虎衛軍去支援夏侯將軍。」典韋道。

曹孟德道：「不行，虎衛軍雖然精通刺殺，但是在平地上和大軍作戰，絕對不可能取勝，一旦被包圍就很難突圍，只有虎豹騎和虎衛軍相互配合，才能發揮出更大的優勢來。」

就在這時，不知道從哪裡響起一聲刺耳的鳴笛，原地待命的大軍紛紛緊張起來，手中都緊握著兵器，目光注視著四周。

緊接著，眾人又聽見一聲刺耳的鳴笛聲，此時曹孟德座下的戰馬絕影也開始變得焦躁不安，不僅如此，大軍中的馬匹也一樣焦躁無比，不停地發出一聲聲嘶鳴，那聲音可以聽出是一種莫名的恐懼，似乎預示著有什麼讓牠們害怕的東西要來了。

「啊！」一個騎兵被馬給甩了下來，那匹馬猶如脫韁野馬，快速地跑進了叢林深處。

此時，大軍中所有的馬匹都狂躁不安起來，恨不得馬上離開此地。

曹孟德剛穩住座下的絕影，便又看見幾匹戰馬甩下虎豹騎的騎兵，瘋狂地跑走了。

士兵們也因為馬匹帶來的躁動變得惶恐起來，拿著手中的兵器東張西望，不知道出了什麼事。

恐懼，不是因為看見了什麼而害怕，相反，正是因為不知道害怕的是什麼，兀自猜測而變得恐懼。

「笛……」

第三聲刺耳的嗚笛聲響了起來，只是，這一次不再是短暫的笛音，而是一個長長的笛音，久久未散。

曹孟德茫然四顧，卻尋不到任何一個人，他見後面的騎兵也開始焦躁不安起來，喝令道：「穩住陣腳……」

「有人！沼澤地中有人！」一個士兵指著前方大聲喊了起來，打斷了曹孟德的話。

此聲一出，所有人都將目光集中在沼澤處，便看到正前方的沼澤地裡，一個人踱著步子，嘴裡吹著一根短笛，正閒庭信步地朝他們走來。

在他的身旁，毒蛇排成兩排，像是被檢閱的士兵一樣，昂著頭，在水中扭動著身軀向曹孟德這邊而來。

「魏王殿下！某在此恭候多時了！」那人停住腳步，站在遠遠的地方，朝曹孟德拱手道。

「你是何人？」曹孟德聽後，大吃一驚，臉色鐵青地問道。

「在下乃燕國破賊校尉**白宇**，奉軍師之命，特在此恭候魏王大駕！」拿著短笛的人答道。

曹孟德皺起了眉頭，他萬萬沒有想到，居然有人算準他會從此處通過。他聽白宇說是奉了軍師之命，便問道：「你口中的軍師乃是何人？荀攸？郭嘉？還是荀諶、許攸？」

白宇笑道：「都不是，乃我燕國三軍總軍師**賈詡**是也。」

「賈詡？賈文和？居然是他！他不是在薊城嗎？難道也能算準我會從此處通過？」曹孟德冷笑一聲，打死他都不願意相信，自己正不知不覺進入敵人設好的圈套。

「魏王殿下真是孤陋寡聞啊，我燕國三十萬雄兵如今已經全部南下，現在軍師應該已經攻入青州了吧……」

「你……你說什麼？」曹孟德大吃一驚，立刻意識到了什麼。

「魏王率領魏國主力在這裡和西涼兵以及我家主公交戰，軍師見魏國後方空虛，便率領十數萬大軍，以韓猛、臧霸為先鋒，兵分兩路，直取青州，**以軍師神機妙算的才智，現在應該已經拿下半個青州了。**」

曹孟德聽後，腦門上滲出了冷汗，他確實有這方面的擔心，此次聽到白宇說得這麼透澈，他幾乎可以肯定，青州是已經丟失了。

他在青州留有重兵，就是為了防止燕軍的偷襲，可是有兵無將，為了打這一仗，他調動了所有精銳的兵將，都聚集在西面的戰場上，就算荀彧再有能力，可是面對數倍於魏軍的燕軍，外加上賈詡、韓猛、臧霸等人，必然也會輸得一敗塗地。

典韋忽然抬起手，向前一揮，身後的一百名虎衛軍士兵便立刻從馬背上跳躍而出，朝著白宇攻擊了過去。

「笛……」

白宇見狀，急忙吹響短笛，圍繞在他身邊的毒蛇紛紛張開血盆大口，騰空而起，向朝他攻擊的一百名虎衛軍士兵噴出毒液。

虎衛軍士兵急忙散開，哪知道早已埋伏在兩翼的毒蛇也群起而攻之，成百上千條的毒蛇一起行動，讓那些虎衛軍的士兵根本無法防禦，最後每個人的身上都纏滿了毒蛇，被毒蛇咬到以後，毒液迅速在體內擴散，不一會兒，身體便變成了綠色，口吐白沫，躺在沼澤地上不停的抽搐著，直到死亡。

突然，從地上的草叢中竄出一條蛇來，絕影馬一聲長嘶，用力地將曹孟德甩下了馬，狂奔開來，沒有一點回頭的欲望。

那條蛇一撲未中，落在地上的草叢中，就在這時，曹孟德從地上爬了起來，看到草叢中露出一條條青色的蛇頭，正在吐著長長的信子。

隨著一聲長長而又不間斷的笛子聲，草叢中的蛇紛紛躍了起來，張著血盆大口，吐著信子，撲向其他士兵。

曹孟德看見一條長長的花蛇撲向自己，他本能地避開了，卻不想自己身後的士兵卻叫了起來，他急忙回頭，但見那條蛇盤旋在身後士兵的臉上，張開嘴便咬了那士兵一口。

那士兵丟下兵器，急忙用手望臉上抓去，用力將那條蛇從自己的臉上抓了下來，重重地摔在地上。

那士兵趕緊拿起兵器，想刺殺那條蛇，沒想到那條蛇一經著地便四處竄開，扭動著身體朝魏軍中間鑽去，那名士兵的臉上已經出現青色的瘀痕，一絲絲的黑色液體正流了出來。

「嘶嘶……」又是一條毒蛇攻向曹孟德，可是還沒有到曹孟德的跟前，便被典韋一戟斬斷。

「曹真、夏侯離、夏侯恩，護送大王先走，待我殺了那廝，再追上你們！」典韋手握雙戟，看到毒蛇受到笛音的操控，他知道是白宇在操控，立刻對身後的三名部將說道。

「諾！」曹真、夏侯離、夏侯恩急忙將曹孟德扶上馬背，然後朝後撤去。

「典韋，不要逞強！」曹孟德深知毒蛇的厲害，便對典韋喊道。

「大王放心！」

此時，大軍中亂做一團，士兵們紛紛不停地叫喊著。

曹孟德回過頭來，看到一條蛇朝自己撲來，他這次不敢再躲避，生怕自己一躲，害了後面的士兵，將手中倚天劍挺起，將那條蛇用力斬斷。

「大家不要慌，全部分散開來，斬斷蛇頭！」曹孟德一邊高聲叫道，一邊向後撤離。

夏侯離、夏侯恩在前面開路，忽見一群毒蛇擋在前面，攔住了去路，而且馬匹受到驚嚇，拚命要將馬背上的人給掀翻下來，眾人掌控不住，只得紛紛下馬。

「保護大王！」曹真一手拽著曹孟德，一手握劍，揮砍著朝這邊襲來的毒蛇，一劍便將許多小蛇都斬成了兩斷。

曹孟德也是一邊殺敵，一邊望向前方的草叢中，但見草叢中蛇頭林立，多不勝數。

他從來沒有遇到過這麼多的蛇，細小靈活的蛇，穿梭在虎豹騎和虎衛軍的士兵之中，不知道有多少人不經意間被蛇給咬到了。

曹孟德站在最前面，面對著龐大的蛇群，他不知道如何應對。曹孟德回過頭時，但見身後士兵多數癱倒在地，臉上都呈現出青瘀之色。

曹孟德明白，他們是替自己死在蛇的毒液之下而不服，作為一個軍人，如果在沙場上不是和敵人搏鬥而死的，那麼那個人就死得很不值，也很冤枉。

典韋跳躍著身體，持著雙戟，準備逼向白宇，可是毒蛇太多，有的還不斷地噴灑出毒液，讓他不得不趕緊躲避，也讓他無法向前半步，反而是成群的毒蛇將他給逼退了。

「呔！」典韋暴喝一聲，揮著雙戟不停地揮砍，只覺得毒蛇不但沒有減少，反而越來越多。

忽然，那長長的笛音停了下來，蛇群不再動靜，一條條的張開血盆大口，吐著長長的信子，將所有的魏軍都給包圍了起來。

此時的虎豹騎也好，虎衛軍也好，都已經丟失了馬匹，而且兩千人的部隊，經過毒蛇的攻擊，已經銳減到一千三百多人，就這麼一小會的時間，六百多人便喪生在這片叢林和沼澤的交界之處。

「哈哈哈哈……」白宇握著短笛，在那裡狂笑不止，諷刺的說道：「魏軍也不過如此，什麼虎衛軍、虎豹騎，在我布下的蛇陣面前，統統都是狗屁！這一次，我要將你們一網打盡，主公定然會封我為一等侯！」

說罷，白宇將短笛移到嘴邊，目光犀利的說道：「**金蛇狂舞！**」

話音還未落下，笛音再次響起，成千上萬隻毒蛇全部朝著魏軍的聚集之處騰空而起，張開了血盆大口，從顎中噴灑出毒液來。

毒液從空中飄下，猶如暴雨驟降，一經沾上人的皮膚，皮膚立刻開始潰爛。

「保護大王！」

典韋喊出聲音的同時，將雙鐵戟全部拿在右手，左手從戰靴裡掏出一把鋒利的匕首，縱身跳出群蛇圍攻的戰圈，一個箭身竄出，落地後，手中握著的匕首立刻向白宇投射過去。

魏軍當中，曹真、夏侯離、夏侯恩均以身體擋住曹孟德，隨後一批虎衛軍、虎豹騎的將士紛紛撲了過來，用自己的身體圍成一個肉盾，將曹孟德給保護得嚴嚴實實的。

毒蛇的毒液落下，除了外圍的一層人受到蛇毒的侵蝕和吞噬之外，其他的均安然無恙，持著兵刃開始斬殺落地的毒蛇。

寒光在白宇的面前一閃而過，白宇驚慌失措的躲避，哪知道還是慢了一步，短笛被匕首直接切斷，再也吹奏不出那美妙的笛音來。

他見典韋虎視眈眈的注視著自己，二話不說，拔腿便跑。

毒蛇失去了控制，有一部分還殘留在那裡，繼續自主的攻擊魏軍士兵，絕大部分則紛紛退了下去。

「噗！噗！噗！噗……」

失去了控制的毒蛇沒有統一的行動，雖然在地上亂竄，但是威脅相對起來比受到控制要小了許多。

典韋從外圍一路殺了進來，看到肉盾戰術將曹孟德保護得完好無損，便道：

「大王，此地不宜久留，若是那白宇再找到了什麼替代的東西，繼續控制毒蛇，我們將全軍覆沒，現在應該儘快回到大營，與軍師匯合。」

「大王，我等在前面開路！」曹真、夏侯離、夏侯恩三人齊聲道。

「文烈……文烈……文烈呢？」曹孟德環視眾將，唯獨不見曹休，急忙大聲喊道。

「大王，我在這裡……」

曹休突然從人群中竄了出來，手背上有蛇咬過的痕跡，慶幸的是，咬他的那條不是毒蛇。

曹孟德見諸位將軍都在，立即道：「撤吧，沒想到兩千精銳竟然會被一個人給攪得亂作一團，妙才是神行將軍，就算遇到危險，也會有逃脫的妙計……」

剩餘的八百多人，在努力斬殺蛇群之後，這才脫困而出，開始沿著原路返回。

走了沒兩里路，曹孟德忽然看見林間小道上有一隊騎兵駛來，為首一員大將，正是張郃，身後是兩千名全副武裝的騎兵。

「剛出蛇窟，又到了虎穴，難道天要亡我曹操嗎？」曹孟德看到張郃後，不由得發出了一聲感慨。

「曹孟德，這次你就束手就擒吧，給我殺！」

張郃揮舞著長槍，第一個衝了上去，身後的兩千騎兵紛紛湧了上去，想將魏軍全部包圍住。

典韋見狀，急忙叫道：「大王隨我來！」

話音一落，典韋第一個殺了出去，趁著燕軍還沒有展開合圍之時，便衝了出去，兩把大鐵戟開路，連續殺了幾名燕軍騎兵後，奪下馬匹，翻身便上了馬背。

「大王，請上馬！」典韋吼道。

曹孟德不敢有半點猶豫，在曹真、夏侯恩的保護下迅速騎上馬匹，回頭看見夏侯離還站在那裡，便叫道：「離！快走！」

夏侯離手持峨眉刺，看了一眼曹孟德，說道：「大王，你們快離開，我來拖住張郃！」

「離……」曹孟德的心裡如同刀絞一般，看了一眼正朝這邊包圍過來的張郃等人，狠心扭頭便走，「一定要回來見我！」

於是，典韋在前面開路，曹真、夏侯恩護衛在曹孟德左右，夏侯離率領其他的虎衛軍和虎豹騎抵擋住了張郃的進攻。

「錚！」夏侯離飛身而起，直接刺向騎在馬背上的張郃，張郃用槍格擋，發出一聲巨大的兵器碰撞聲。

「我不和女人打，你走開！」張郃橫槍在胸前，眉頭緊皺著，冷冷地說道。

夏侯離冷笑一聲，說道：「上次不知道是誰，和我打鬥了那麼久，這一次，你可沒有那麼好命。」

「上次我不知道你是女的，這一次我知道了，所以我不和你打，我不能欺負一個女人。你走開！」張郃固執地說道。

「有我在，你休想追上魏王。」

夏侯離臉色一沉，縱身而起，登時飛身上樹，站在樹幹上，同時甩出一根長鞭，大聲叫道：「布陣！」

張郃聽到夏侯離的一聲吶喊，登時想起前次在垣雍城外的樹林中，何寧死在天網下的事情來，此時看到其他虎衛軍的將士也紛紛上了樹，便立刻明白過來，急忙喊道：「全部撤到我這邊來！」

一聲令下，正在和魏軍混戰的士兵全部退了回來，站在張郃的身後，和魏軍形成了對峙。

張郃抬頭看著夏侯離，說道：「你還想來那一套？可惜已經被我看穿了。」

夏侯離冷笑道：「錯！天網變化多端，你只是看到了一面而已。布陣！」

話音一落，虎豹騎迅速跑開，餘下的三百多虎衛軍則在樹上縱橫，很快便散開到四邊，反而將張郃等人從四角圍定，但是，在張郃等人的上空卻沒有人。

「啪！啪！啪……」

鞭子不斷的響起，發出了清脆的響聲，在樹林中顯得格外刺耳。

張郃看到虎衛軍的士兵正在從四個方向組建天網，他立刻意識到什麼，笑道：「原來如此，天網確實不只是一面，不過，只看破一面，便足可以破你的天網，連弩準備！」

張郃身後的士兵不慌不忙地拿出連弩，一致朝外，在張郃的一聲令下後，弩箭密集的朝著揮舞鞭子的人便是一陣亂射。

由於要組建的天網太過巨大，畢竟想要將一千多人包圍在天網裡面，那需要很多人的配合才行，而且中間必須是空曠的，這樣才能發揮出天網的威力。

可是，這並不是那麼容易實現的，所以夏侯離等人組建了不同的小型天網，想從多面進攻。可是這樣做，兵力就分散了，也正是由於這個原因，才讓張郃看破弱點，下令瞄準虎衛軍的士兵射擊。

箭矢射中一批正在組建天網的虎衛軍士兵，天網還沒有組建起來，便立刻被射倒了。

夏侯離見狀，急忙叫道：「收！」

虎衛軍的士兵撤去天網，四散開來，揮舞著長鞭抽打著燕軍的士兵。

「攻擊！」張郃見自己處於被動了，立刻下令道。

於是，聚集在一起的燕軍騎兵再次分開，不過，由於是在樹林裡作戰，馬匹行走起來不是那麼的迅速，所以導致了行動不太敏捷，根本發揮不出騎兵的威力。

「你們速速去保護大王！」夏侯離見燕軍開始反擊，急忙扭頭，對身後的幾百虎豹騎說道。

「諾！」

這時，眾人的耳邊又響起了笛音，那笛音一想起來，燕軍的馬匹就變得狂躁不安，而魏軍的士兵也都露出了驚訝之色，他們都知道，這是操控蛇群的白宇又來了。

張郃聽到笛音後，便即刻下令所有騎兵後撤。

「張將軍，讓你久違了，這裡就交給我了，請將軍速速去追擊曹孟德吧。」聲音傳了出來，可是卻沒有見到一個人影。

張郃眉頭一皺，聽出了這聲音，便道：「白宇？這小子怎麼會突然出現在這裡？」

「張將軍，我是奉了軍師之命在此堵截曹孟德，軍師已經率領韓猛、臧霸二將以及十多萬大軍攻進青州，目前正在橫掃魏國後方。張將軍，你快走吧。」

白宇話音一落，隨之笛音響了起來，密密麻麻的蛇群出現在魏軍士兵的周圍，開始騰空而起，噴灑毒液，或者張開血盆大口咬著魏軍士兵。

夏侯離和其中一百多虎衛軍都在樹上，看到地面上的虎豹騎、虎衛軍全部被毒蛇纏身，心中是無比的悲涼。但是，不等他們開始傷心，危險便逼近了他們，蠕動著身體，盤旋而上的毒蛇突然竄了出來，開始攻擊夏侯離等人。

張郃見狀，急忙指著夏侯離，大聲叫道：「白宇，留下那人性命！」

白宇沒有答話，但是吹響的笛音卻發生了明顯的變化，已經撲向夏侯離的毒蛇並沒有噴灑毒液，也沒有咬夏侯離，只是用軀體纏住夏侯離，乍看之下，夏侯離被幾十條毒蛇纏身，可是她卻沒有生命危險。

張郃看到毒蛇殺死了那麼多的人，比他帶著人在這裡奮力拼殺要簡單的多了，感嘆道：「要是白宇當時也在垣雍城，我何以有此敗？」

說完，他縱身跳起，迅速地攀爬上樹，抽出腰中的鋼劍，架在夏侯離的脖子上，纏住夏侯離身子的毒蛇也開始退下。

「你殺了我吧！」夏侯離冷冷地道。

「如果我想殺你，剛才就不會讓白宇手下留情了。」張郃道。

「那你想做什麼？」

「沒什麼，只是覺得你剛才和曹孟德之間有什麼不尋常之處……」

「你休想利用我威脅大王，他是不會因為我而束手就擒的。」

「我相信你的話，如果他那麼容易受到威脅的話，根本不可能當上魏王。**我只想知道，魏王身邊，還有多少虎衛軍？**」

「你以為我會告訴你嗎？」

張郃冷笑一聲，說道：「你當然不會乖乖的說，但是我會讓你說。你年紀最多十七八歲，我估摸著你還沒有出嫁，因為，沒有一個丈夫願意看到自己的妻子去送死。而且你女扮男裝，其他的士兵也未必知道你是女的。你知道對於少女來說，什麼對她最重要嗎？」

夏侯離眉頭一皺，不由自主地退了一步，問道：「你想對我做什麼？」

「不做什麼，就是想讓你展露一下你的本來面目，而且我還要一層一層的把你扒光，我手下的那些士兵，可都是血氣方剛的漢子，他們可都還沒有娶媳婦呢，如果看見一個光著身子的少女，你猜他們會怎麼做？」

「你……下流！卑鄙！無恥！我就算死，也不會讓你如意的！」說完，夏侯離便主動將脖子朝張郃的鋼劍上碰。

張郃沒那麼傻，不會讓夏侯離死，早就看穿了夏侯離想尋死，所以他掌握的很有分寸，主動移開了鋼劍。

「你想死？沒那麼容易，其實你長得蠻不錯的，正好我少個妾，不如你就給我做妾吧，等我玩膩了，再把你往軍中一扔，去給我的部下當軍妓，我要讓你生不如死。哦，為了防止你尋死，我會先挑斷你的手腳筋，哈哈哈……」

「我咬舌自盡！」

張郃見夏侯離張開嘴，把舌頭伸了出來，正要咬下去的時候，趕忙伸出手塞進夏侯離的嘴裡，以阻止夏侯離咬舌自盡，導致他的手被咬住。

夏侯離咬住張郃後，一直沒有鬆口，反而咬得更加狠了，嘴邊都是鮮血。

她狠狠地瞪著張郃，卻沒有在張郃的臉上看到一絲疼痛的表情，彷彿那隻手不是他的一樣。

「你喜歡咬的話，就咬好了，我張郃上次非禮了你，這次算是我的報應。」

夏侯離沒想到張郃會說出這話來，她想起上次被張郃襲胸的事情來，不知不覺，心裡產生了一種奇怪的感覺。

她靈機一動，說道：「你想抓魏王是吧？好，我帶你去找大王，不過，大王在典韋的保護下，一般人也靠近不了他，所以，你必須帶上所有的人跟我走，才能抓到大王，包括那個叫白宇的驅蛇人！」

張郃一喜，說道：「典韋當然不容易對付，但是再厲害的人也有弱點，你將他的弱點告訴我就是了。事不宜遲，你這就帶我去找曹孟德！」

夏侯離心中自有一番打算，反正自己已經被俘虜了，部下也都陣亡了，既然張郃讓她帶著他們去找曹孟德，她就帶著他們去找。不過，要去的地方卻和曹孟德背道而馳。

她六歲大的時候，父母都被賊兵殺死，孤苦無依的她正好遇到了曹孟德，曹孟德將其收養，並且賜她姓名。

夏侯離一心為父母報仇，自感沒有什麼能力，便主動央求去學習武藝，恰好夏侯惇、夏侯淵兄弟來找曹孟德，便跟隨他們一起學習武藝，同時還不忘記拜其他人為師，學到的武功十分的繁雜，各種兵器都會耍。

到了十二歲時，她打聽到仇人的下落，便去找仇人報仇，一個僅僅十二歲的女孩子，竟然將十幾個仇人全部殺死。

當時遭到官府的通緝，曹孟德知道後，便讓夏侯離女扮男裝，從此以後，夏侯離從未以女兒身示人。後來，曹孟德起兵，組建虎衛軍，便毅然投身到了虎衛軍的行列，在典韋、許褚的訓練下，和曹真、夏侯恩，一起成為虎衛軍裡的一個小頭目。

夏侯離帶著張郃等人向前走了三里地，張郃感到一絲的不對勁，便讓軍隊全部停下，一把將夏侯離拉了過來，問道：「你是不是在耍我？」

「呵呵，耍你又怎麼樣？你現在知道，已經太晚了，大王由典韋等人保護著，這個時候早已經離開樹林了。」

夏侯離估計曹孟德他們應該走遠了，便也不再隱瞞了。

「你……」張郃氣憤得抬起手想打夏侯離。

「你不是不打女人的嗎？」

「我是不打女人，不過，你根本不把自己當女人，我又何必把你當女人？」

張郃話音一落，便將夏侯離一掌打昏了過去。

夏侯離眼前一黑，身子一歪，倒在張郃的身上。

張郃急忙伸手抱住，哪知道手一不小心摸到夏侯離的胸部，他忙將夏侯離扛在肩膀上，然後叫士兵牽來一匹馬，將夏侯離五花大綁後，放在馬背上，讓兩名士兵護送著夏侯離回營，自己則帶著其餘士兵追擊曹操。

卷縣縣城的城門邊，鮮血染透了大地，斷裂的肢體、武器在城牆根上散落一地，空氣中充滿了血腥味，就連城牆也被鮮血染紅，成了一堵紅牆。

魏延、褚燕站在城牆上，看到城外密密麻麻的魏軍，一起扭過頭，向身後的荀諶問道：「軍師，真沒想到曹洪竟然真的進攻了，這一日一夜的，真是累死人了。」

荀諶道：「什麼都別說了，只要堅守此城，魏軍絕對不會攻進來。你們兩個再去準備一下守城用的器械，讓人將箭矢全部搬到城門邊，等待主公大軍回援。」

「咚！咚！咚！咚咚……」

魏軍的戰鼓再一次被擂響了，魏軍的士兵扛著攻城用的雲梯從四面八方攻了過來。

魏延見狀，怒道：「奶奶的，沒完沒了啦，還讓不讓休息了，全軍迎戰！」

遠處，曹洪騎著一匹駿馬，眺望著士兵攻城，心中卻想道：「七次了，連續強攻了七次，每次都被燕軍打退，我就不信，一座小小的縣城，我曹洪就攻不下來！」

戰鬥再次打響，慘烈異常，攻城的、守城的在進行著較量。

兩軍鏖戰了一日一夜，都已經疲憊不堪，但是對於燕軍來說，守城還是頗具有優勢的，城牆上架設的連弩車、轉射機，以及士兵手中持著的連弩、弓箭，鋪天蓋地的組成了一個嚴密的火力網，射死無數攀爬城牆的魏軍士兵。

戰鬥剛剛拉開沒多久，魏軍的後軍突然大亂，一股燕軍的騎兵不知道從何處到來，正在奮力的擊殺著魏軍。

曹洪見狀，急忙扭過頭看了過去，但見燕將文聘帶著騎兵正在踐踏自己的部下，他登時吃了一驚，狐疑道：「難道燕軍沒有去攻打我軍大營？」

不等曹洪反應過來，龐德帶著重步兵從魏軍的側面殺了出來，盧橫帶著重騎兵從另外一面殺了出來，和文聘將其三面圍定。

城牆上的荀諶見了，立刻驚喜道：「荀公達和郭奉孝回來了，快快打開城門，夾擊魏軍！」

魏延、褚燕一聽，立刻下城樓，帶著城中的兵力便殺了出去，和文聘、龐德、盧橫形成了合圍之勢。

「撤！快撤！」曹洪一邊喊著話，一邊後撤，瞅見一個還沒有燕軍出現的縫隙，帶著部下便朝那邊衝了出去。

混戰開始後，疲憊的魏軍士氣頓降，除了其中一部分跟隨著曹洪衝了出去外，其餘的盡數被包圍在裡面，死的死，傷的傷，投降的投降，只一刻鐘的時間，魏軍便全盤崩潰，戰鬥以燕軍勝利而告終。

戰鬥結束後，荀攸、郭嘉帶著士兵押運著俘虜來到縣城外面，荀諶也從城中出來，三個人會晤之後，便互相寒暄了幾句。

「魏軍怎麼會打到這裡來了？」荀攸不解地問道。

荀諶道：「此乃曹孟德的奸計，他率領部下偷襲了垣雍城，然後乘勢而進，一直攻到這裡，並且分兵去取北鄉了……」

荀攸聽後，直接打斷荀諶的話，急忙喊道：「北鄉絕不能丟失，若是丟了，我軍將無法在中原立足！文聘、龐德、盧橫，速速率領……」

「公達不必驚慌，北鄉我已經派遣陳到去駐守了，張郃也隨後而去，應該不成問題。現在我只擔心主公，不知道主公那邊如何？」荀諶見荀攸如此緊張，打斷了荀攸的話。

荀諶和荀攸的年紀差不多，只比荀攸大幾歲，但是論輩分，荀諶是荀攸的叔父，更何況，荀諶是荀彧的弟弟。荀氏一門，盡皆智謀之士，但是才華出眾者，就只有此三人而已。

「主公智勇雙全，加上趙雲、黃忠、太史慈、甘寧、張遼都在，還帶了一萬五千名精騎，自然不會有事。以我的猜測，主公現在應該在回來的路上。」郭嘉分析道。

「大人，陳將軍自北鄉發來飛鴿傳書，說大局已定，魏軍一退，請大人不必擔心。」斥候跑到了荀諶的身邊，朗聲說道。

荀攸聽後道：「如今卷縣縣城危機已解，大軍暫且休息片刻，將俘虜押回城池，收拾殘局之後，便發兵與主公會合，務必要將魏軍主力在此消滅。」

郭嘉道：「公達兄，這件事交給我吧，給我一支騎兵，讓龐德、魏延、文聘、褚燕、盧橫跟我走，我帶領這支騎兵追擊曹洪，也可以和主公會合。」

荀攸道：「好吧，你去吧。」

請續看《三國疑雲》第七卷 巔峰之戰

三國疑雲 卷6 戰鬥機器

作者：水的龍翔
發行人：陳曉林
出版所：風雲時代出版股份有限公司
地址：10576台北市民生東路五段178號7樓之3
電話：(02) 2756-0949
傳真：(02) 2765-3799
執行主編：朱墨菲
美術設計：吳宗潔
行銷企劃：林安莉
業務總監：張瑋鳳

初版日期：2022年5月
版權授權：蔡雷平
ISBN：978-626-7025-41-3

風雲書網：http://www.eastbooks.com.tw
官方部落格：http://eastbooks.pixnet.net/blog
Facebook：http://www.facebook.com/h7560949
E-mail：h7560949@ms15.hinet.net
劃撥帳號：12043291
戶名：風雲時代出版股份有限公司

風雲發行所：33373桃園市龜山區公西村2鄰復興街304巷96號
電話：(03) 318-1378
傳真：(03) 318-1378
法律顧問：永然法律事務所 李永然律師
　　　　　北辰著作權事務所 蕭雄淋律師

行政院新聞局局版台業字第3595號 營利事業統一編號22759935

定價：290元

國家圖書館出版品預行編目資料

三國疑雲 / 水的龍翔著. -- 初版. -- 臺北市：風雲時代出版股份有限公司, 2022.01- 冊； 公分

ISBN 978-626-7025-41-3（第6冊：平裝）--

857.7　　110019815